André BELLECOURT F

AERONAUTICS
(HQ : Chicago)

Rudi GESSNER CH

BANKS
(HQ : Luxemburg)

CONSOLIDATED OPERATING STATEMENTS

in US$ mill.

Revenues	854.8
Operating Costs*	529.2
Operating Margin	325.6
Overhead	625.9
Int. & Fin. Charge	736.6
Net Earnings**	963.1

* including depreciation
** before income taxes

Cathy BLACKMAN US

WINCH FOUNDATION
(HQ : New York)

Largo WINCH US

EXECUTIVE MANAGEMENT
(HQ : New York)

OIL
(HQ : Caracas)

E. JARAMALE MEX

MINING & METALLURGY
(HQ : Stockholm)

Leonard SCOTT SA

SUPERMARKETS & DEPT STORES
(HQ : Düsseldorf)

Georg WALLENSTEIN FRG

CONSOLIDATED BALANCE SHEETS

in US$ mill.

ASSETS	
Fixed Assets	14,553.2
Cash & Equivalent	789.5
Receivables	6,658.1
Inventories	7,506.5
Goodwill	248.0
Other	151.7
	29,907.0
LIABILITIES	
Accounts Payable	3,790.3
Short Term Debt	2,934.4
Long Term Debt	3,853.9
Provision	700.0
Minority Interest	832.0
Equity - Capital Stock	4,212.0
- Retained Earnings	13,584.4
	29,907.0

VOIR VENISE...

PHILIPPE FRANCQ • JEAN VAN HAMME

Les scénarios de la série *Largo Winch*
sont librement adaptés des romans du même auteur
publiés aux Editions du Mercure de France.

Content de peu n'a rien à craindre.
Lao Tseu

FRANCE LOISIRS
123, Boulevard de Grenelle, Paris
www.franceloisirs.com

Une Édition du Club France Loisirs, Paris,
réalisée avec l'autorisation des Éditions Dupuis

ISBN 2-7441-3170-9

Imprimé en Belgique.
N° Editeur : 32228

Vous avez bien compris toutes les données ?
Oui. C'est impossible. Personne n'a jamais réussi un truc comme ça.
Vous, vous pouvez y arriver, M. Haynes. Dans votre spécialité, vous êtes le numéro 1.
Qu'est-ce qui vous fait dire ça ?
Le simple fait que vous soyez en vie. Vous avez exercé pendant plus de trente ans le métier le plus dangereux du monde et vous êtes toujours vivant. C'est la meilleure des références.
Pour qui travaillez-vous, M... Brown ?
La CIA ? Les Russes ? Les Iraniens ?
Il ne s'agit pas de politique, M. Haynes, mais d'une affaire privée. Pour 500.000 livres sterling, vous ne vous soucierez pas de savoir qui vous emploie.
500.000 livres ?
C'est ce que vous toucherez à la fin de l'opération. Dont 100.000 livres d'avance dès que vous commencerez les essais. À combien se monte votre retraite du Royal Pioneer Corps, M. Haynes ?
Ça ne vous regarde pas, M. Brown !
À 10 678 livres par an, impôts et taxes déduites. C'est peu pour un homme qui a tant de fois risqué sa vie au service de Sa Majesté, vous ne trouvez pas ? Avec ce que je vous offre, vous découvrirez enfin les joies du confort que vous méritez.
Vous ne vous appelez pas Brown, bien entendu.
Quelle importance cela a-t-il ?
Aucune. Pourquoi moi ?
Je vous l'ai dit : parce que vous êtes le meilleur. Et aussi parce que vous êtes un excellent comédien. Je vous ai vu jouer l'autre soir avec votre troupe de théâtre amateur dans un rôle de prêtre, vous étiez étonnant de vérité.
D'accord, Brown. Votre combine est forcément malhonnête, mais je marche. De combien de temps vais-je disposer pour les essais ?
Du temps nécessaire. L'opération doit avoir lieu en septembre prochain.
1

VENISE, DIMANCHE 13 SEPTEMBRE, 3 HEURES DU MATIN.
LÀ !
THUD
THUD

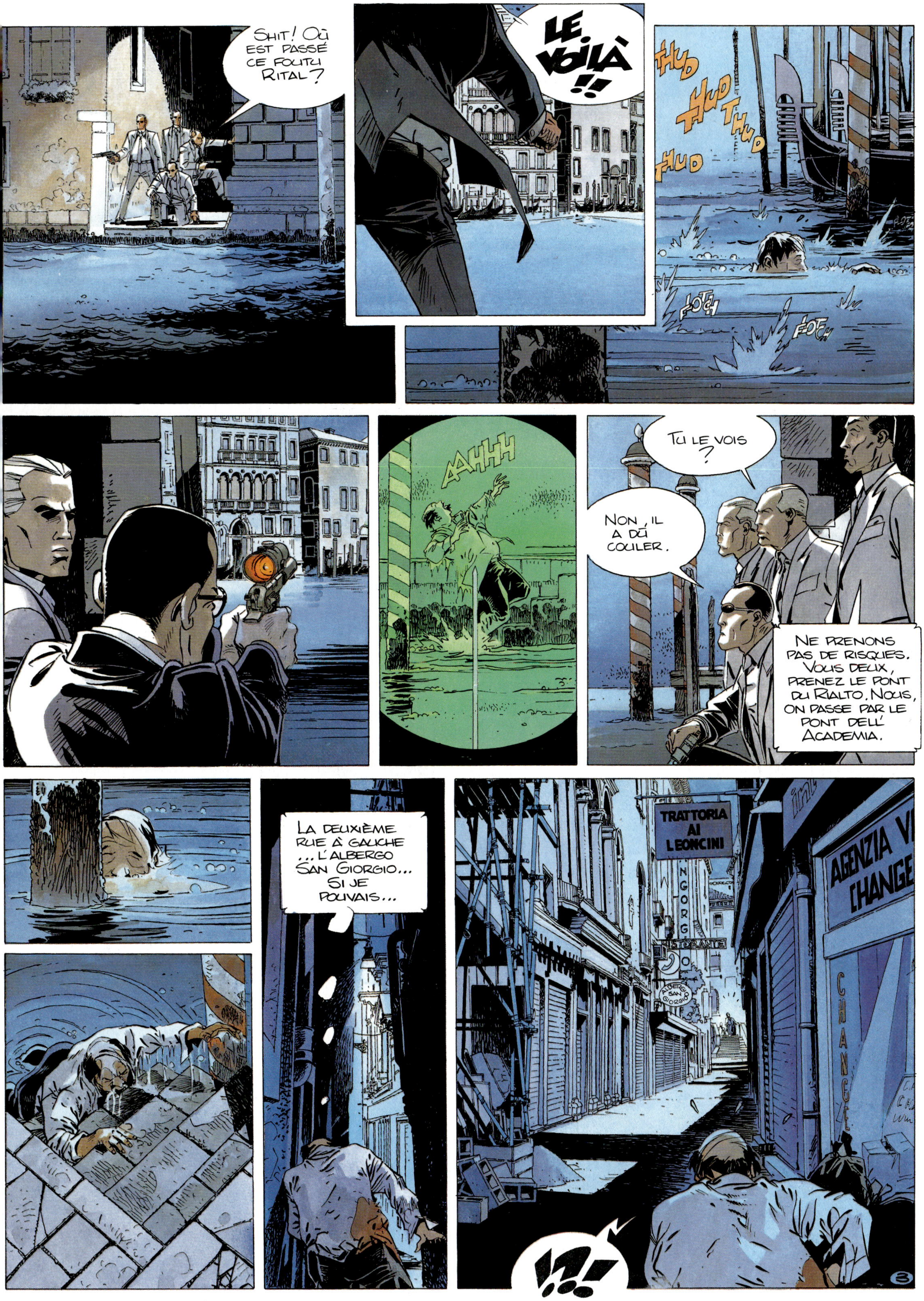
SHIT ! OÙ EST PASSÉ CE FOUTU RITAL ?
LE VOILÀ !!
THUD THUD THUD THUD
FLOTCH
FLOTCH
AAHHH
TU LE VOIS ?
NON, IL A DÛ COULER.
NE PRENONS PAS DE RISQUES. VOUS DEUX, PRENEZ LE PONT DU RIALTO. NOUS, ON PASSE PAR LE PONT DELL' ACADEMIA.
LA DEUXIÈME RUE À GAUCHE ... L'ALBERGO SAN GIORGIO... SI JE POUVAIS...
TRATTORIA AI LEONCINI
AGENZIA V
CHANGE
RISTORANTE
ALBERGO SAN GIORGIO
CHANGE
!?!

AGENZIA VIAGGI-TRAVEL AGENCY - REISEBÜRO
CHANGE - EXCHANGE - WECHSEL
!
CAMBIO
DIX SECONDES... J'AI DIX SECONDES ...
IL EST LÀ, CE FICHU SALOPARD!
FLINGUEZ-LE, NOM DE DIEU!
THUD
THUD
THUD
THUD

CETTE FOIS, IL A SON COMPTE.
FILONS EN VITESSE. AVEC CETTE MAUDITE ALARME, LE COIN VA GROUILLER DE FLICS DANS DEUX MINUTES.
LE FAX ! REGARDEZ LE FAX !
BZZZZ
NOM DE...! CE FUMIER A ENVOYÉ UN FAX !!
J'Y VAIS !
TROP TARD...
UUUU...
BZZZZ
KLAK
DOUBLE SHIT ! FAUDRA MONTRER ÇA AU PATRON. ON VA SE FAIRE INCENDIER LES GARS !
GROUILLE, BORDEL ! LES FLICS !
TRRRR
TRRR
BONG
TRIIIIT
TTTRRIIII
PARIS, DIMANCHE 13 SEPTEMBRE, 11 HEURES.
J - 475
AVANT L'AN 2000
VENISE EST PLUS CALME EN SEPTEMBRE.

C'EST LA MEILLEURE SAISON POUR Y ALLER. POURQUOI NE VIENS-TU PAS AVEC MOI, LARGO ?
JE TE L'AI DÉJÀ DIT, CHARITY : JE DOIS ÊTRE À NEW YORK DEMAIN MIDI.
UNE IMPORTANTE RÉUNION CONCERNANT LA DIVISION PÉTROLIÈRE DU GROUPE.
UNE IMPORTANTE RÉUNION !...
POURQUOI T'ÊTRE MIS CE MAUDIT GROUPE SUR LE DOS, LARGO ? TU ÉTAIS LIBRE, AVANT. TU VOYAGEAIS À TA GUISE, QUAND ET COMME TU LE VOULAIS. TANDIS QU'À PRÉSENT, TE VOILÀ DEVENU UN PETIT VIEUX DE MÊME PAS TRENTE ANS, ÉCRASÉ PAR SES MILLIARDS, SES RESPONSABILITÉS ET LE POIDS DE SON IMPORTANCE.
MERCI POUR LE PETIT VIEUX.
JE ME TROMPE ?
CE N'EST PAS SI SIMPLE DE RÉPONDRE À TA QUESTION, CHARITY.
L'ARGENT N'Y EST POUR RIEN, MÊME SI J'EN PROFITE. JE SUPPOSE QUE C'EST LE GOÛT DU DÉFI : COMPRENDRE ET MAÎTRISER LES GIGANTESQUES MÉCANISMES QUI ARTICULENT UN TRUST TEL QUE LE GROUPE W.
TON DÉFI RESSEMBLE FICHTREMENT À UN PIÈGE, MON CHÉRI. UN PIÈGE QUI S'EST REFERMÉ SUR TOI. CLAP, À LA NICHE, LE BEL AVENTURIER !
ENFIN, SI TU CHANGES D'AVIS, VOICI LE Nº DE TÉLÉPHONE DE L'AMIE CHEZ QUI JE LOGERAI. DOMENICA LEONE. ELLE EST SCULPTEUR. NOUS ÉTIONS EN PENSION ENSEMBLE À LAUSANNE.
TU SAIS, IL Y A PEU DE CHANCES QUE...
BATEAUX
TAIS-TOI. EN ATTENDANT QUE LE BEAU MILLIARDAIRE S'ENVOLE VERS SON TRISTE DESTIN, NOUS AURIONS PEUT-ÊTRE LE TEMPS DE REPASSER PAR L'HÔTEL, MMH ?...
JACOPO ? C'EST VITALE. ELLE LOGERA CHEZ UNE CERTAINE DOMENICA LEONE, UNE FEMME SCULPTEUR. NON, JE NE CONNAIS PAS L'ADRESSE, MAIS ELLE NE DOIT PAS ÊTRE DIFFICILE À TROUVER...

VENISE, DIMANCHE 13 SEPTEMBRE, 15 H 30.
ENCORE MERCI POUR CET EXCELLENT DÉJEUNER, CHER AMI.
C'EST MOI QUI VOUS REMERCIE, PRÉSIDENT. VOUS AVOIR À MA TABLE EST TOUJOURS UN PLAISIR ET UN HONNEUR.
VVRRR
QU'EST-CE QUE... ?
TRRRRRRRRA TRAAA
VRRRRRROOOOOAAA
LA POLICE ! APPELEZ LA POLICE !!
ALESSANDRO !... AAAAHHH
PARIS. DIMANCHE 13 SEPTEMBRE, 15 H 45.
QUAND NOUS REVERRONS-NOUS, CHARITY ?

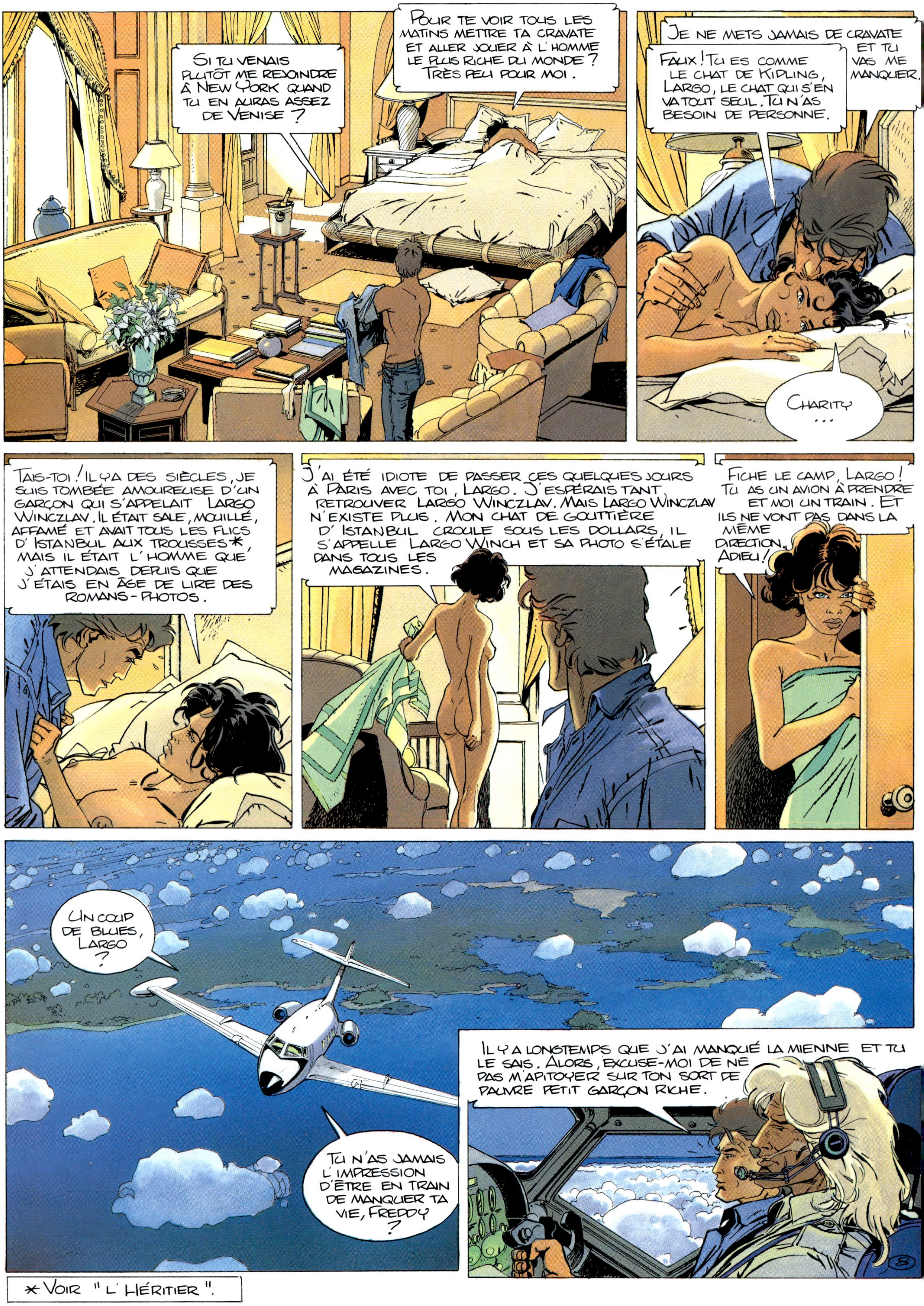

* VOIR "L'HÉRITIER".

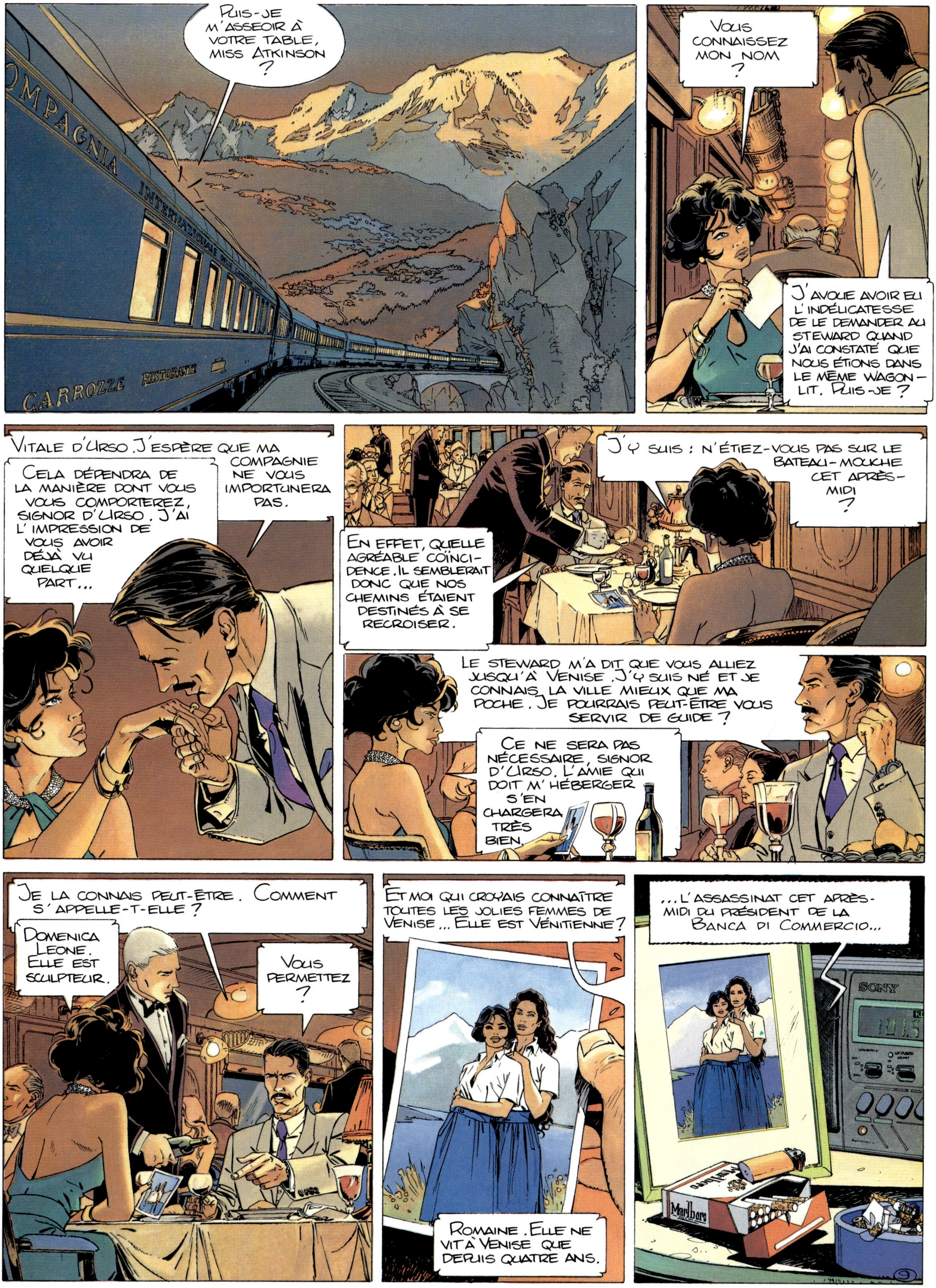
COMPAGNIA INTERNAZIONALE
CARROZZE RISTORANTE
PUIS-JE M'ASSEOIR À VOTRE TABLE, MISS ATKINSON ?
VOUS CONNAISSEZ MON NOM ?
J'AVOUE AVOIR EU L'INDÉLICATESSE DE LE DEMANDER AU STEWARD QUAND J'AI CONSTATÉ QUE NOUS ÉTIONS DANS LE MÊME WAGON-LIT. PUIS-JE ?
VITALE D'URSO. J'ESPÈRE QUE MA COMPAGNIE NE VOUS IMPORTUNERA PAS.
CELA DÉPENDRA DE LA MANIÈRE DONT VOUS VOUS COMPORTEREZ, SIGNOR D'URSO. J'AI L'IMPRESSION DE VOUS AVOIR DÉJÀ VU QUELQUE PART...
J'Y SUIS : N'ÉTIEZ-VOUS PAS SUR LE BATEAU-MOUCHE CET APRÈS-MIDI ?
EN EFFET, QUELLE AGRÉABLE COÏNCIDENCE. IL SEMBLERAIT DONC QUE NOS CHEMINS ÉTAIENT DESTINÉS À SE RECROISER.
LE STEWARD M'A DIT QUE VOUS ALLIEZ JUSQU'À VENISE. J'Y SUIS NÉ ET JE CONNAIS LA VILLE MIEUX QUE MA POCHE. JE POURRAIS PEUT-ÊTRE VOUS SERVIR DE GUIDE ?
CE NE SERA PAS NÉCESSAIRE, SIGNOR D'URSO. L'AMIE QUI DOIT M'HÉBERGER S'EN CHARGERA TRÈS BIEN.
JE LA CONNAIS PEUT-ÊTRE. COMMENT S'APPELLE-T-ELLE ?
DOMENICA LEONE. ELLE EST SCULPTEUR.
VOUS PERMETTEZ ?
ET MOI QUI CROYAIS CONNAÎTRE TOUTES LES JOLIES FEMMES DE VENISE... ELLE EST VÉNITIENNE ?
ROMAINE. ELLE NE VIT À VENISE QUE DEPUIS QUATRE ANS.
...L'ASSASSINAT CET APRÈS-MIDI DU PRÉSIDENT DE LA BANCA DI COMMERCIO...
SONY
Marlboro

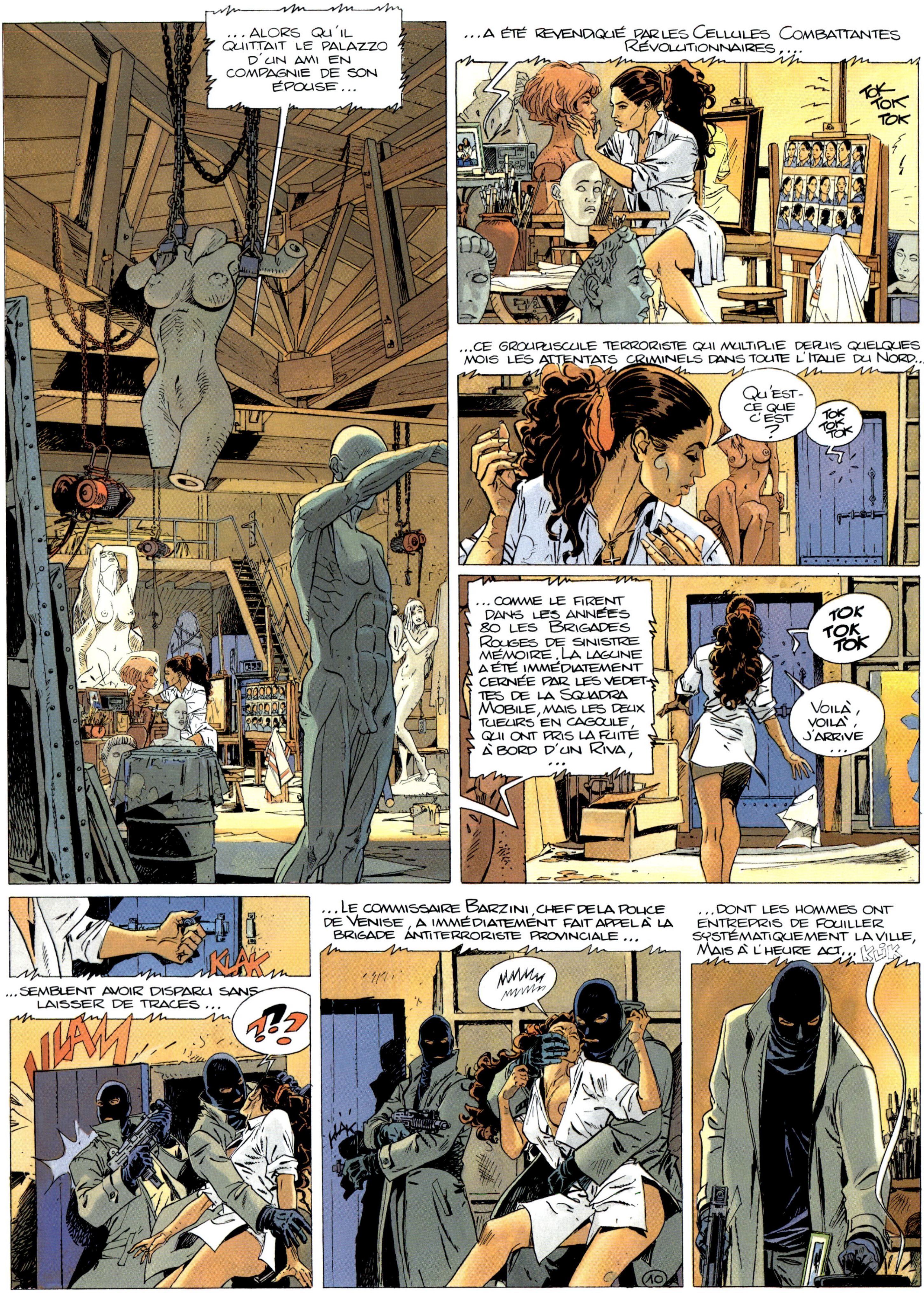
...ALORS QU'IL QUITTAIT LE PALAZZO D'UN AMI EN COMPAGNIE DE SON ÉPOUSE...
...A ÉTÉ REVENDIQUÉ PAR LES CELLULES COMBATTANTES RÉVOLUTIONNAIRES,...
TOK TOK TOK
...CE GROUPUSCULE TERRORISTE QUI MULTIPLIE DEPUIS QUELQUES MOIS LES ATTENTATS CRIMINELS DANS TOUTE L'ITALIE DU NORD...
QU'EST-CE QUE C'EST ?
TOK TOK TOK
...COMME LE FIRENT DANS LES ANNÉES 80 LES BRIGADES ROUGES DE SINISTRE MÉMOIRE. LA LAGUNE A ÉTÉ IMMÉDIATEMENT CERNÉE PAR LES VEDETTES DE LA SQUADRA MOBILE, MAIS LES DEUX TUEURS EN CAGOULE, QUI ONT PRIS LA FUITE À BORD D'UN RIVA, ...
TOK TOK TOK
VOILÀ, VOILÀ, J'ARRIVE...
KLAK
...SEMBLENT AVOIR DISPARU SANS LAISSER DE TRACES...
?!?
...LE COMMISSAIRE BARZINI, CHEF DE LA POLICE DE VENISE, A IMMÉDIATEMENT FAIT APPEL À LA BRIGADE ANTITERRORISTE PROVINCIALE...
MMMM
...DONT LES HOMMES ONT ENTREPRIS DE FOUILLER SYSTÉMATIQUEMENT LA VILLE, MAIS À L'HEURE ACT...
KLIK

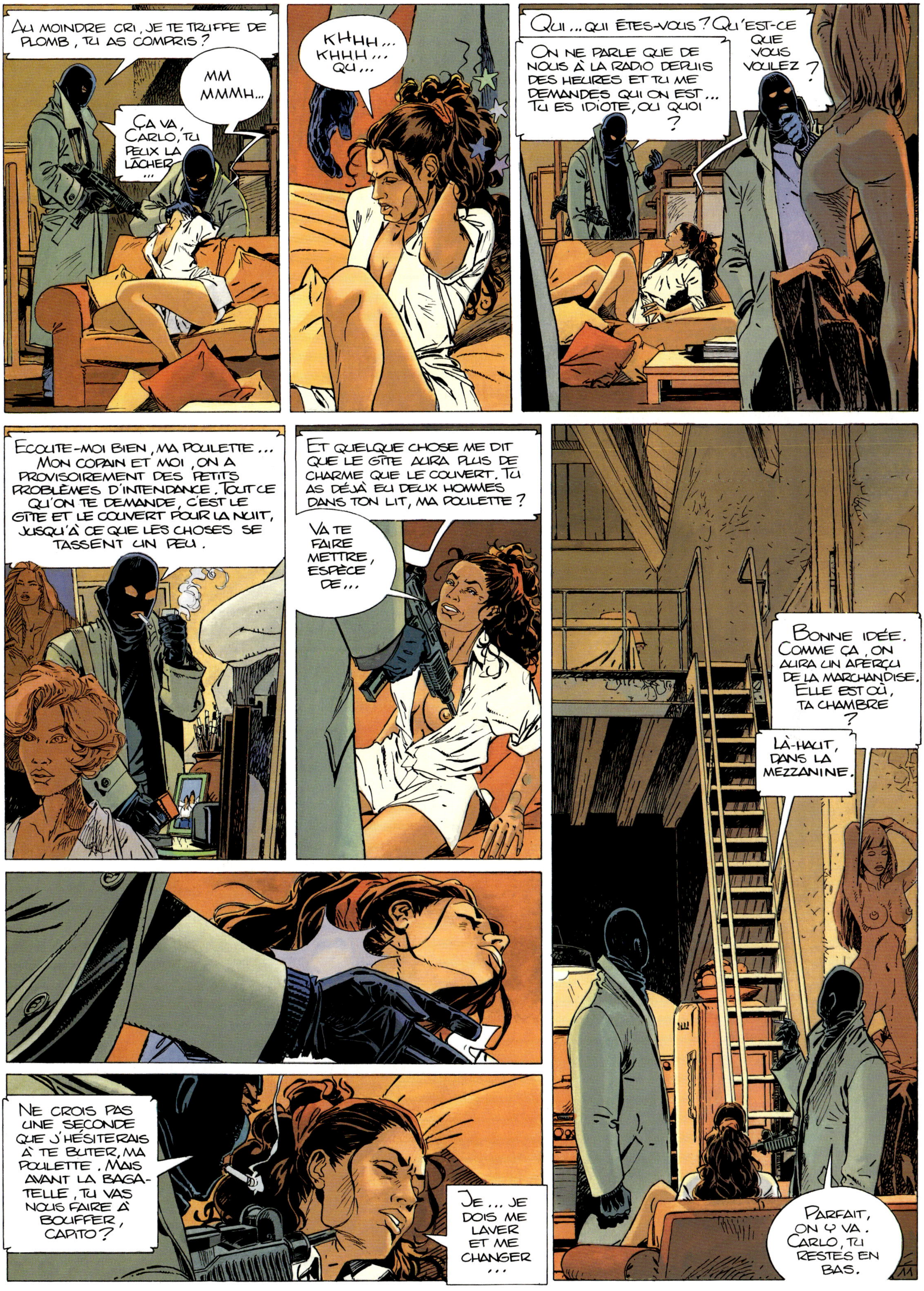
AU MOINDRE CRI, JE TE TRUFFE DE PLOMB, TU AS COMPRIS ?
MM MMMH...
ÇA VA, CARLO, TU PEUX LA LÂCHER...
KHHH... KHHH... QU...
QUI... QUI ÊTES-VOUS ? QU'EST-CE QUE VOUS VOULEZ ?
ON NE PARLE QUE DE NOUS À LA RADIO DEPUIS DES HEURES ET TU ME DEMANDES QUI ON EST... TU ES IDIOTE, OU QUOI ?
ÉCOUTE-MOI BIEN, MA POULETTE... MON COPAIN ET MOI, ON A PROVISOIREMENT DES PETITS PROBLÈMES D'INTENDANCE. TOUT CE QU'ON TE DEMANDE, C'EST LE GÎTE ET LE COUVERT POUR LA NUIT, JUSQU'À CE QUE LES CHOSES SE TASSENT UN PEU.
ET QUELQUE CHOSE ME DIT QUE LE GÎTE AURA PLUS DE CHARME QUE LE COUVERT. TU AS DÉJÀ EU DEUX HOMMES DANS TON LIT, MA POULETTE ?
VA TE FAIRE METTRE, ESPÈCE DE...
NE CROIS PAS UNE SECONDE QUE J'HÉSITERAIS À TE BUTER, MA POULETTE. MAIS AVANT LA BAGATELLE, TU VAS NOUS FAIRE À BOUFFER, CAPITO ?
JE... JE DOIS ME LAVER ET ME CHANGER...
BONNE IDÉE. COMME ÇA, ON AURA UN APERÇU DE LA MARCHANDISE. ELLE EST OÙ, TA CHAMBRE ?
LÀ-HAUT, DANS LA MEZZANINE.
PARFAIT, ON Y VA. CARLO, TU RESTES EN BAS.

!?
AAHH
!?
OUCH

AAARGH !
AAH !
RAMASSE TON COPAIN, ESPÈCE D'ORDURE ET FOUTEZ LE CAMP TOUS LES DEUX !
!?
FOUTEZ LE CAMP OU JE TIRE !
DÉPOSE ÇA, MA POULETTE. TU NE SAIS MÊME PAS COMMENT ÇA MARCHE, CES TRUCS-LÀ.
MON PÈRE ÉTAIT COLONEL DES CARABINIERS, PAUVRE CLOCHE. IL M'A APPRIS À TIRER QUAND J'AVAIS DIX ANS.
KLAK
TU PRENDS LE PARI ?
D'ACCORD, MA POULETTE. MAIS TU NOUS PAIERAS ÇA. LES CCR N'OUBLIENT JAMAIS.
SLAM
13

NEW YORK,
LUNDI 14 SEPTEMBRE,
8H57.
Central Park West
1 3 A B D
SIX MINUTES DE RETARD, CAVANAUGH !
EXCUSEZ-MOI, MRS DANTON, MAIS LE MÉTRO...
PAS MON PROBLÈME. VOUS SAVEZ QUE LES CHEFS DE SERVICE VEULENT LES MESSAGES DE LA NUIT SUR LEUR BUREAU À 9H PILE. AU TROT, CAVANAUGH !
HI, BRENDA ! TU T'ES ENCORE FAIT INCENDIER PAR LA MÈRE SUPÉRIEURE, JE PARIE ?
M'EN FOUS ! SALUT, BABE ! COMMENT S'EST PASSÉ TON WEEK-END ?

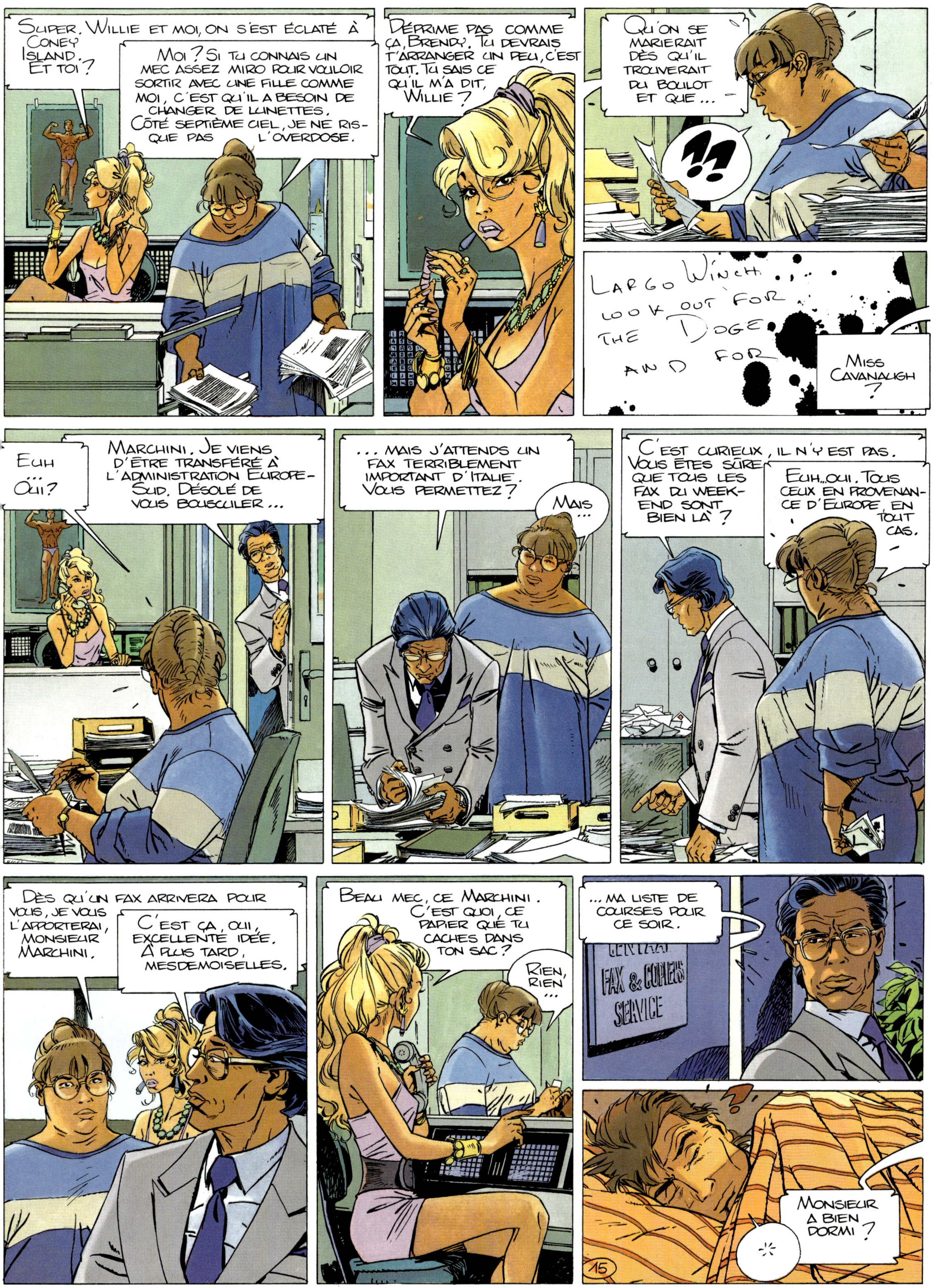
Super. Willie et moi, on s'est éclaté à Coney Island. Et toi ?
Moi ? Si tu connais un mec assez miro pour vouloir sortir avec une fille comme moi, c'est qu'il a besoin de changer de lunettes. Côté septième ciel, je ne risque pas l'overdose.
Déprime pas comme ça, Brendy. Tu devrais t'arranger un peu, c'est tout. Tu sais ce qu'il m'a dit, Willie ?
Qu'on se marierait dès qu'il trouverait du boulot et que...
!!
Largo Winch... look out for the Doge and for
Miss Cavanaugh ?
Euh... Oui ?
Marchini. Je viens d'être transféré à l'administration Europe-Sud. Désolé de vous bousculer...
... mais j'attends un fax terriblement important d'Italie. Vous permettez ?
Mais...
C'est curieux, il n'y est pas. Vous êtes sûre que tous les fax du week-end sont bien là ?
Euh... oui. Tous ceux en provenance d'Europe, en tout cas.
Dès qu'un fax arrivera pour vous, je vous l'apporterai, Monsieur Marchini.
C'est ça, oui, excellente idée. À plus tard, mesdemoiselles.
Beau mec, ce Marchini. C'est quoi, ce papier que tu caches dans ton sac ?
Rien, rien...
... ma liste de courses pour ce soir.
Fax & Copiers Service
Monsieur a bien dormi ?

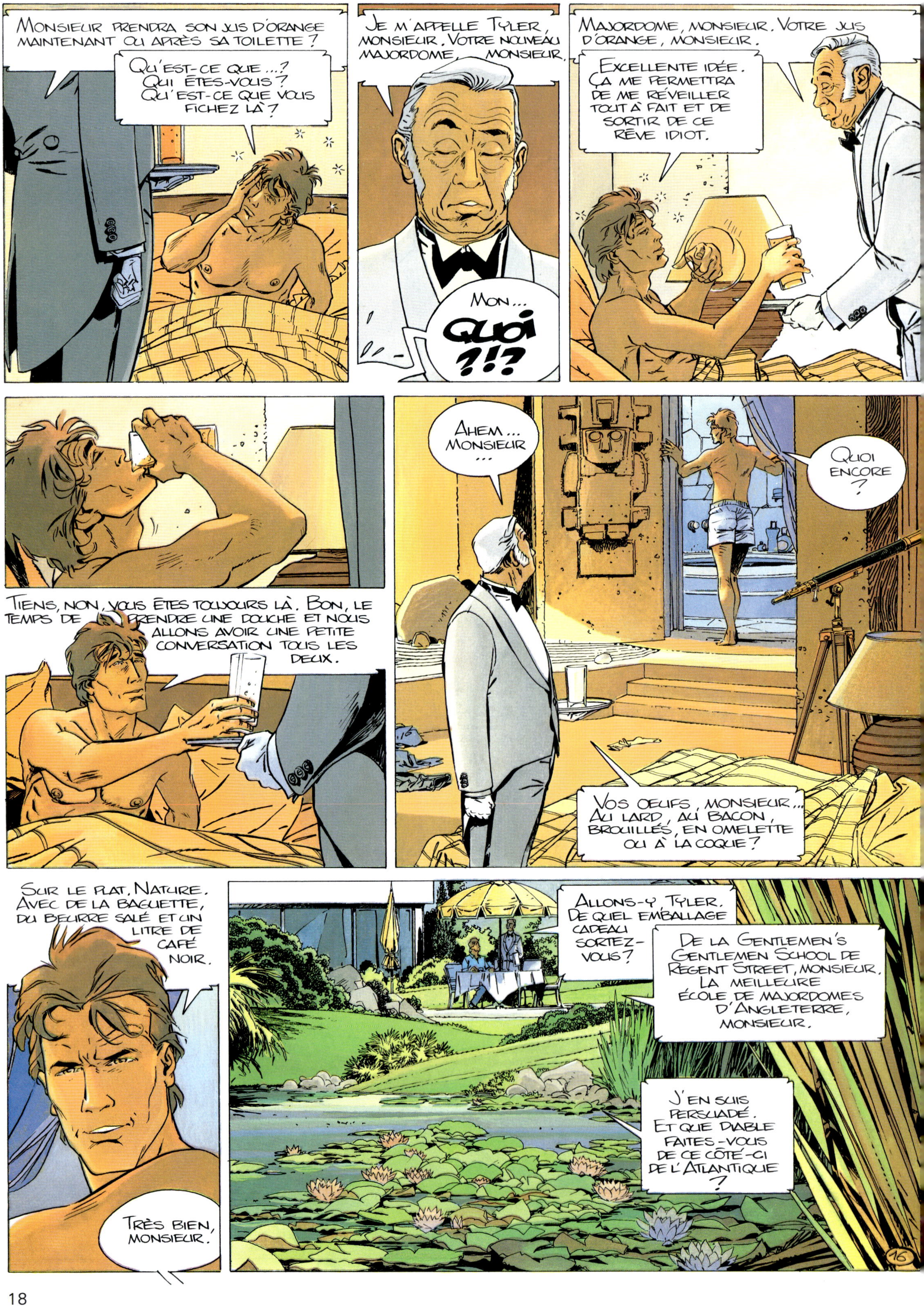

MONSIEUR PRENDRA SON JUS D'ORANGE MAINTENANT OU APRÈS SA TOILETTE ?
QU'EST-CE QUE ...? QUI ÊTES-VOUS ? QU'EST-CE QUE VOUS FICHEZ LÀ ?
JE M'APPELLE TYLER, MONSIEUR. VOTRE NOUVEAU MAJORDOME, MONSIEUR.
MON... QUOI ?!?
MAJORDOME, MONSIEUR. VOTRE JUS D'ORANGE, MONSIEUR.
EXCELLENTE IDÉE. ÇA ME PERMETTRA DE ME RÉVEILLER TOUT À FAIT ET DE SORTIR DE CE RÊVE IDIOT.
TIENS, NON, VOUS ÊTES TOUJOURS LÀ. BON, LE TEMPS DE PRENDRE UNE DOUCHE ET NOUS ALLONS AVOIR UNE PETITE CONVERSATION TOUS LES DEUX.
AHEM... MONSIEUR ...
QUOI ENCORE ?
VOS OEUFS, MONSIEUR... AU LARD, AU BACON, BROUILLÉS, EN OMELETTE OU À LA COQUE ?
SUR LE PLAT. NATURE. AVEC DE LA BAGUETTE, DU BEURRE SALÉ ET UN LITRE DE CAFÉ NOIR.
TRÈS BIEN, MONSIEUR.
ALLONS-Y, TYLER. DE QUEL EMBALLAGE CADEAU SORTEZ-VOUS ?
DE LA GENTLEMEN'S GENTLEMEN SCHOOL DE REGENT STREET, MONSIEUR. LA MEILLEURE ÉCOLE DE MAJORDOMES D'ANGLETERRE, MONSIEUR.
J'EN SUIS PERSUADÉ. ET QUE DIABLE FAITES-VOUS DE CE CÔTÉ-CI DE L'ATLANTIQUE ?
16

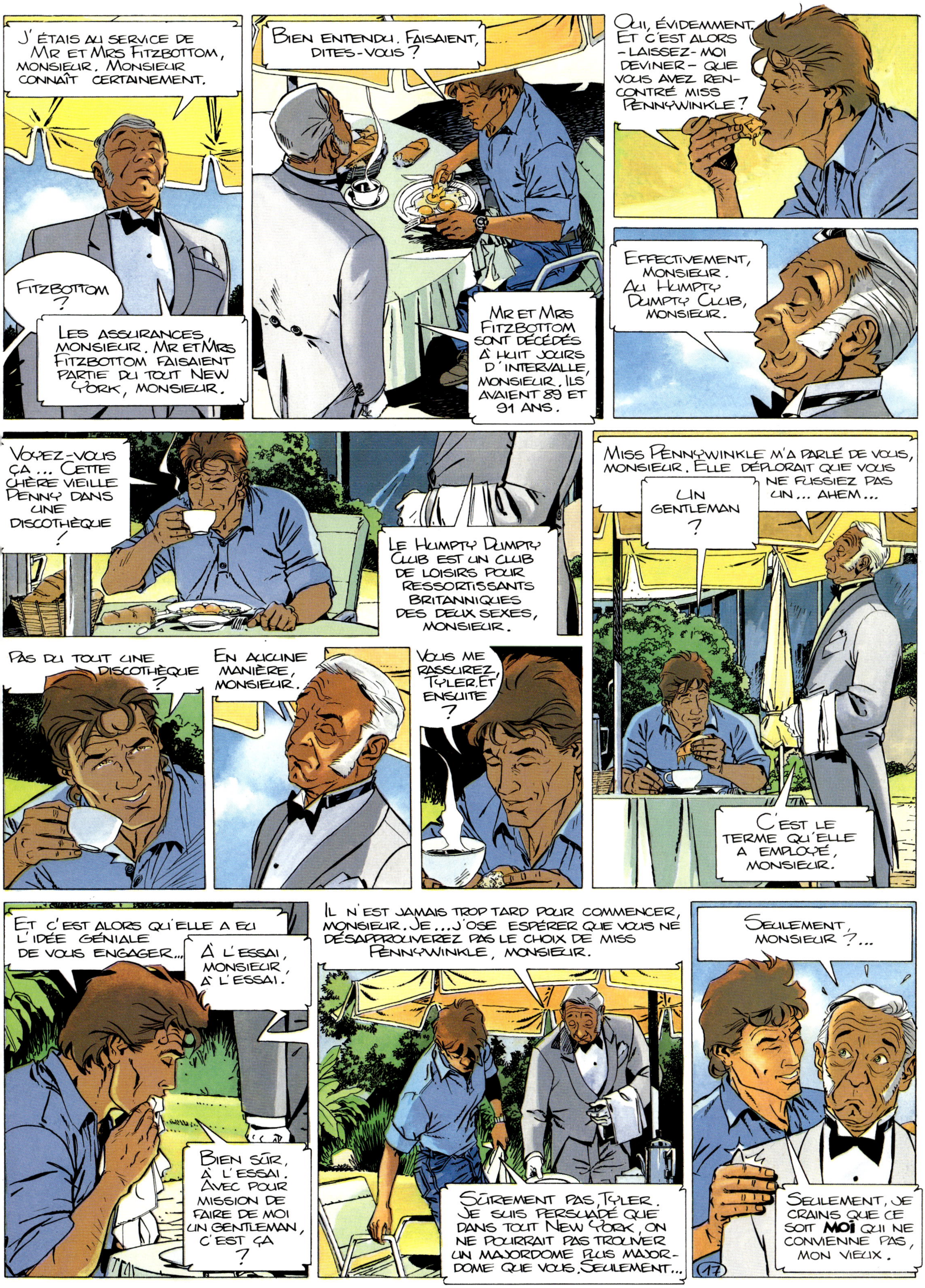

J'ÉTAIS AU SERVICE DE MR ET MRS FITZBOTTOM, MONSIEUR. MONSIEUR CONNAÎT CERTAINEMENT.
FITZBOTTOM ?
LES ASSURANCES, MONSIEUR. MR ET MRS FITZBOTTOM FAISAIENT PARTIE DU TOUT NEW YORK, MONSIEUR.
BIEN ENTENDU. FAISAIENT, DITES-VOUS ?
MR ET MRS FITZBOTTOM SONT DÉCÉDÉS À HUIT JOURS D'INTERVALLE, MONSIEUR. ILS AVAIENT 89 ET 91 ANS.
OUI, ÉVIDEMMENT. ET C'EST ALORS - LAISSEZ-MOI DEVINER - QUE VOUS AVEZ RENCONTRÉ MISS PENNYWINKLE ?
EFFECTIVEMENT, MONSIEUR. AU HUMPTY DUMPTY CLUB, MONSIEUR.
VOYEZ-VOUS ÇA... CETTE CHÈRE VIEILLE PENNY DANS UNE DISCOTHÈQUE !
LE HUMPTY DUMPTY CLUB EST UN CLUB DE LOISIRS POUR RESSORTISSANTS BRITANNIQUES DES DEUX SEXES, MONSIEUR.
PAS DU TOUT UNE DISCOTHÈQUE ?
EN AUCUNE MANIÈRE, MONSIEUR.
VOUS ME RASSUREZ, TYLER. ET ENSUITE ?
MISS PENNYWINKLE M'A PARLÉ DE VOUS, MONSIEUR. ELLE DÉPLORAIT QUE VOUS NE FUSSIEZ PAS UN... AHEM...
UN GENTLEMAN ?
C'EST LE TERME QU'ELLE A EMPLOYÉ, MONSIEUR.
ET C'EST ALORS QU'ELLE A EU L'IDÉE GÉNIALE DE VOUS ENGAGER...
À L'ESSAI, MONSIEUR, À L'ESSAI.
BIEN SÛR, À L'ESSAI. AVEC POUR MISSION DE FAIRE DE MOI UN GENTLEMAN, C'EST ÇA ?
IL N'EST JAMAIS TROP TARD POUR COMMENCER, MONSIEUR. JE... J'OSE ESPÉRER QUE VOUS NE DÉSAPPROUVEREZ PAS LE CHOIX DE MISS PENNYWINKLE, MONSIEUR.
SÛREMENT PAS, TYLER. JE SUIS PERSUADÉ QUE DANS TOUT NEW YORK, ON NE POURRAIT PAS TROUVER UN MAJORDOME PLUS MAJORDOME QUE VOUS. SEULEMENT...
SEULEMENT, MONSIEUR ?...
SEULEMENT, JE CRAINS QUE CE SOIT **MOI** QUI NE CONVIENNE PAS, MON VIEUX.
17

ET TU N'AS PAS AVERTI LA POLICE !? TU ES FOLLE, DOMI !
SI J'AVAIS ÉTÉ VOIR LES FLICS, ILS SERAIENT TOUJOURS EN TRAIN DE M'INTERROGER ...
BAH, IL Y A ENCORE DES MILLIERS DE TOURISTES EN CETTE SAISON À VENISE. ILS AURONT DU MAL À ME TROUVER. AH, NOUS Y SOMMES.
HOTEL
... ET JE N'AURAIS PAS PU T'ACCUEILLIR, MA CHÉRIE. ON VERRA ÇA PLUS TARD. EN ATTENDANT, NOUS IRONS À L'HÔTEL.
MAIS CES TERRORISTES T'ONT MENACÉE ! TU ES EN DANGER !
C'EST QUE JE N'AVAIS PAS PRÉVU D'ALLER À L'HÔTEL. MON BUDGET ...
DOG DOG DOG
NE T'EN FAIS PAS POUR ÇA. LE PATRON EST UN AMI ET JE PAIE LA CHAMBRE EN NATURE.
ALBERGO GALBA
EN NATURE !?
AVEC MES SCULPTURES, IDIOTE ! IL AIME CE QUE JE FAIS.
TAXI 297
AH, CARA MIA !... ET VOICI VOTRE CHARMANTE AMIE !...
BIENVENUE AU PALAZZO GALBA, SIGNORINA. CETTE MAISON SERA LA VÔTRE AUSSI LONGTEMPS QUE VOUS LE SOUHAITEREZ.
HEU ... MERCI, MONSIEUR ...
MARINELLI, POUR VOUS SERVIR, SIGNORINA.
J'ESPÈRE QUE CETTE MODESTE CHAMBRE VOUS PLAIRA.
ELLE ME PLAÎT DÉJÀ, SIGNOR MARINELLI.
13

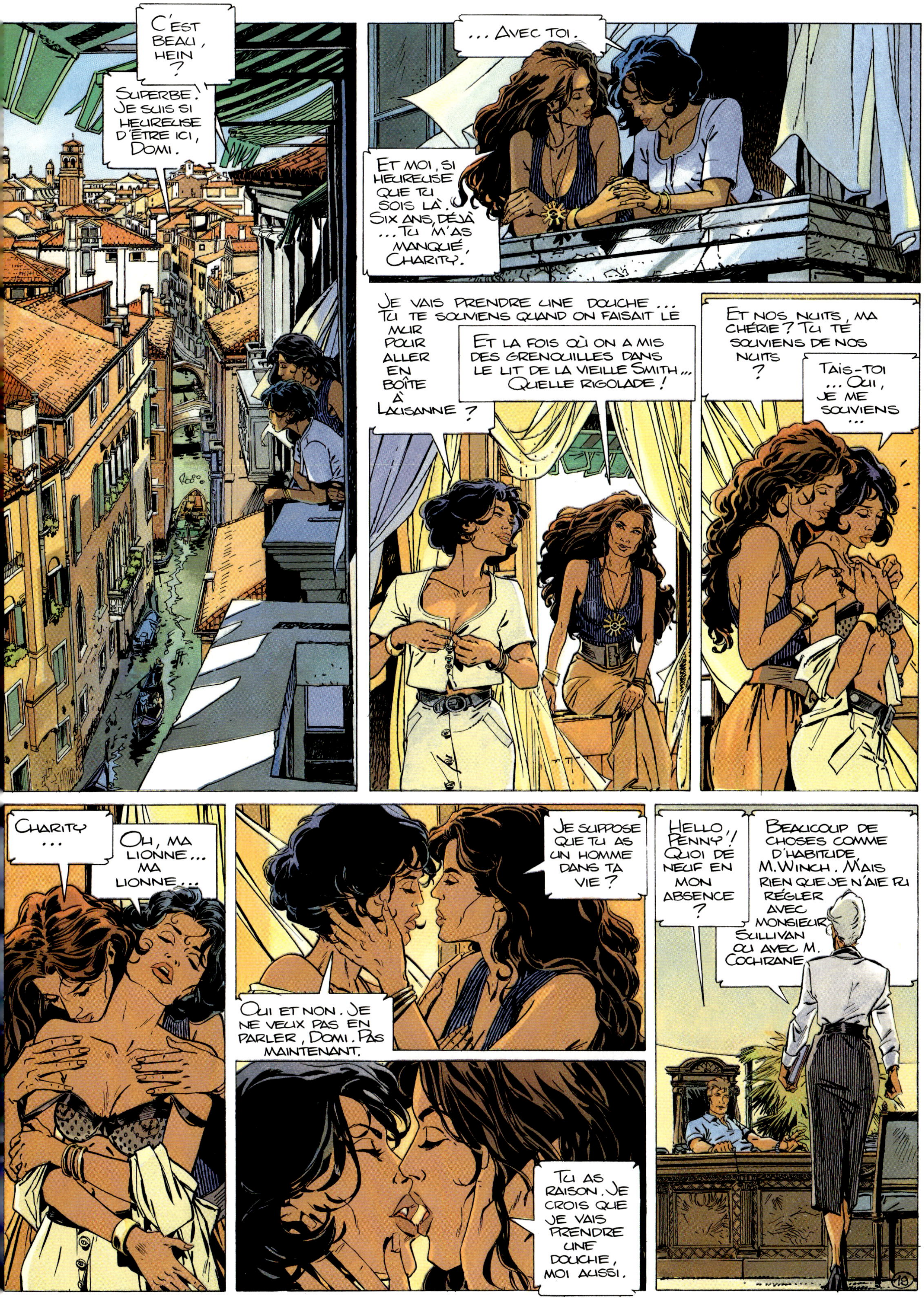
C'EST BEAU, HEIN ?
SUPERBE. JE SUIS SI HEUREUSE D'ÊTRE ICI, DOMI.
... AVEC TOI.
ET MOI, SI HEUREUSE QUE TU SOIS LÀ. SIX ANS, DÉJÀ ... TU M'AS MANQUÉ, CHARITY.
JE VAIS PRENDRE UNE DOUCHE ... TU TE SOUVIENS QUAND ON FAISAIT LE MUR POUR ALLER EN BOÎTE À LAUSANNE ?
ET LA FOIS OÙ ON A MIS DES GRENOUILLES DANS LE LIT DE LA VIEILLE SMITH... QUELLE RIGOLADE !
ET NOS NUITS, MA CHÉRIE ? TU TE SOUVIENS DE NOS NUITS ?
TAIS-TOI ... OUI, JE ME SOUVIENS ...
CHARITY ...
OH, MA LIONNE... MA LIONNE...
JE SUPPOSE QUE TU AS UN HOMME DANS TA VIE ?
OUI ET NON. JE NE VEUX PAS EN PARLER, DOMI. PAS MAINTENANT.
TU AS RAISON. JE CROIS QUE JE VAIS PRENDRE UNE DOUCHE, MOI AUSSI.
HELLO, PENNY ! QUOI DE NEUF EN MON ABSENCE ?
BEAUCOUP DE CHOSES COMME D'HABITUDE, M. WINCH. MAIS RIEN QUE JE N'AIE PU RÉGLER AVEC MONSIEUR SULLIVAN OU AVEC M. COCHRANE.
19

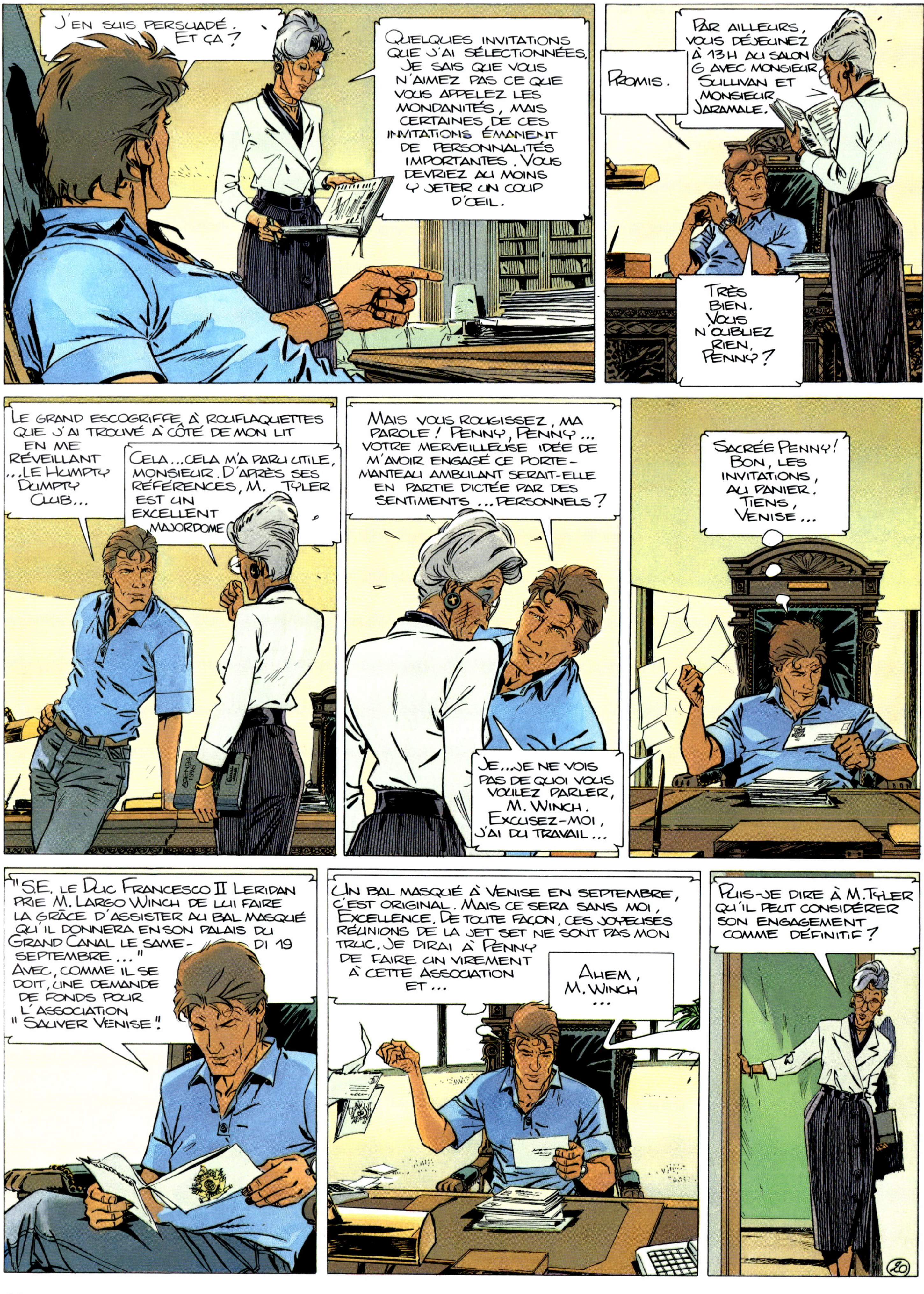
J'EN SUIS PERSUADÉ. ET ÇA ?
QUELQUES INVITATIONS QUE J'AI SÉLECTIONNÉES. JE SAIS QUE VOUS N'AIMEZ PAS CE QUE VOUS APPELEZ LES MONDANITÉS, MAIS CERTAINES DE CES INVITATIONS ÉMANENT DE PERSONNALITÉS IMPORTANTES. VOUS DEVRIEZ AU MOINS Y JETER UN COUP D'OEIL.
PAR AILLEURS, VOUS DÉJEUNEZ À 13 H AU SALON G AVEC MONSIEUR SULLIVAN ET MONSIEUR JARAMALE.
PROMIS.
TRÈS BIEN. VOUS N'OUBLIEZ RIEN, PENNY ?
LE GRAND ESCOGRIFFE À ROUFLAQUETTES QUE J'AI TROUVÉ À CÔTÉ DE MON LIT EN ME RÉVEILLANT ...LE HUMPTY DUMPTY CLUB...
CELA... CELA M'A PARU UTILE, MONSIEUR. D'APRÈS SES RÉFÉRENCES, M. TYLER EST UN EXCELLENT MAJORDOME.
MAIS VOUS ROUGISSEZ, MA PAROLE ! PENNY, PENNY... VOTRE MERVEILLEUSE IDÉE DE M'AVOIR ENGAGÉ CE PORTE-MANTEAU AMBULANT SERAIT-ELLE EN PARTIE DICTÉE PAR DES SENTIMENTS ...PERSONNELS ?
JE... JE NE VOIS PAS DE QUOI VOUS VOULEZ PARLER, M. WINCH. EXCUSEZ-MOI, J'AI DU TRAVAIL...
SACRÉE PENNY ! BON, LES INVITATIONS, AU PANIER. TIENS, VENISE...
"S.E. LE DUC FRANCESCO II LERIDAN PRIE M. LARGO WINCH DE LUI FAIRE LA GRÂCE D'ASSISTER AU BAL MASQUÉ QU'IL DONNERA EN SON PALAIS DU GRAND CANAL LE SAMEDI 19 SEPTEMBRE..." AVEC, COMME IL SE DOIT, UNE DEMANDE DE FONDS POUR L'ASSOCIATION "SAUVER VENISE" !
UN BAL MASQUÉ À VENISE EN SEPTEMBRE, C'EST ORIGINAL. MAIS CE SERA SANS MOI, EXCELLENCE. DE TOUTE FAÇON, CES JOYEUSES RÉUNIONS DE LA JET SET NE SONT PAS MON TRUC. JE DIRAI À PENNY DE FAIRE UN VIREMENT À CETTE ASSOCIATION ET...
AHEM, M. WINCH ...
PUIS-JE DIRE À M. TYLER QU'IL PEUT CONSIDÉRER SON ENGAGEMENT COMME DÉFINITIF ?
20

Où en sont les préparatifs de la fête, Jacopo ?
Les décorateurs arriveront demain matin, Excellence.
C'est bien. Espérons que ces iconoclastes n'abîmeront pas trop mes boiseries. Combien de réponses à nos invitations ?
118, Excellence. Dont 76 positives.
En dons, cela fait combien ?
Heu ...
Combien, Jacopo ?
213 000 dollars, Excellence.
213 000 $! Et c'est avec ÇA qu'ils voudraient que je sauve Venise ... Les rustres !
BOM
Avec cette misérable somme, je ne pourrais même pas étayer les fondations de mon propre palais. Quand je pense aux millions qu'ils dépensent pour satisfaire leur soif de plaisirs et leur vanité ...
Dieu maudisse les riches, Jacopo ! Heureusement que cette fois encore, il y en a un qui paiera pour les autres !

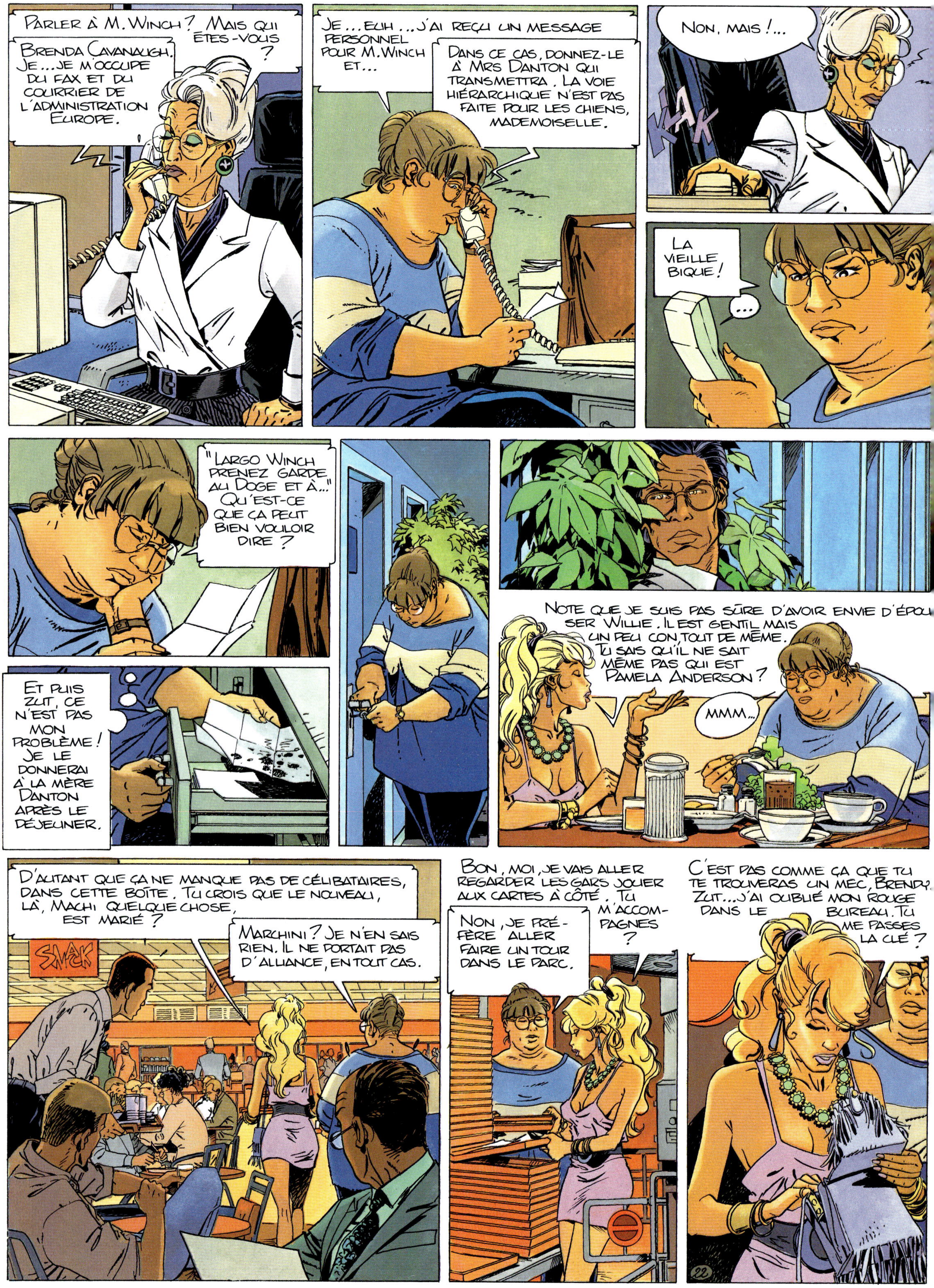
PARLER À M. WINCH ? MAIS QUI ÊTES-VOUS ?
BRENDA CAVANAUGH. JE... JE M'OCCUPE DU FAX ET DU COURRIER DE L'ADMINISTRATION EUROPE.
JE... EUH... J'AI REÇU UN MESSAGE PERSONNEL POUR M. WINCH ET...
DANS CE CAS, DONNEZ-LE À MRS DANTON QUI TRANSMETTRA. LA VOIE HIÉRARCHIQUE N'EST PAS FAITE POUR LES CHIENS, MADEMOISELLE.
NON, MAIS !...
KLAK
LA VIEILLE BIQUE !
...
"LARGO WINCH PRENEZ GARDE AU DOGE ET À..." QU'EST-CE QUE ÇA PEUT BIEN VOULOIR DIRE ?
ET PUIS ZUT, CE N'EST PAS MON PROBLÈME ! JE LE DONNERAI À LA MÈRE DANTON APRÈS LE DÉJEUNER.
NOTE QUE JE SUIS PAS SÛRE D'AVOIR ENVIE D'ÉPOUSER WILLIE. IL EST GENTIL MAIS UN PEU CON, TOUT DE MÊME. TU SAIS QU'IL NE SAIT MÊME PAS QUI EST PAMELA ANDERSON ?
MMM...
D'AUTANT QUE ÇA NE MANQUE PAS DE CÉLIBATAIRES, DANS CETTE BOÎTE. TU CROIS QUE LE NOUVEAU, LÀ, MACHI QUELQUE CHOSE, EST MARIÉ ?
MARCHINI ? JE N'EN SAIS RIEN. IL NE PORTAIT PAS D'ALLIANCE, EN TOUT CAS.
SNACK
BON, MOI, JE VAIS ALLER REGARDER LES GARS JOUER AUX CARTES À CÔTÉ. TU M'ACCOMPAGNES ?
NON, JE PRÉFÈRE ALLER FAIRE UN TOUR DANS LE PARC.
C'EST PAS COMME ÇA QUE TU TE TROUVERAS UN MEC, BRENDA. ZUT... J'AI OUBLIÉ MON ROUGE DANS LE BUREAU. TU ME PASSES LA CLÉ ?

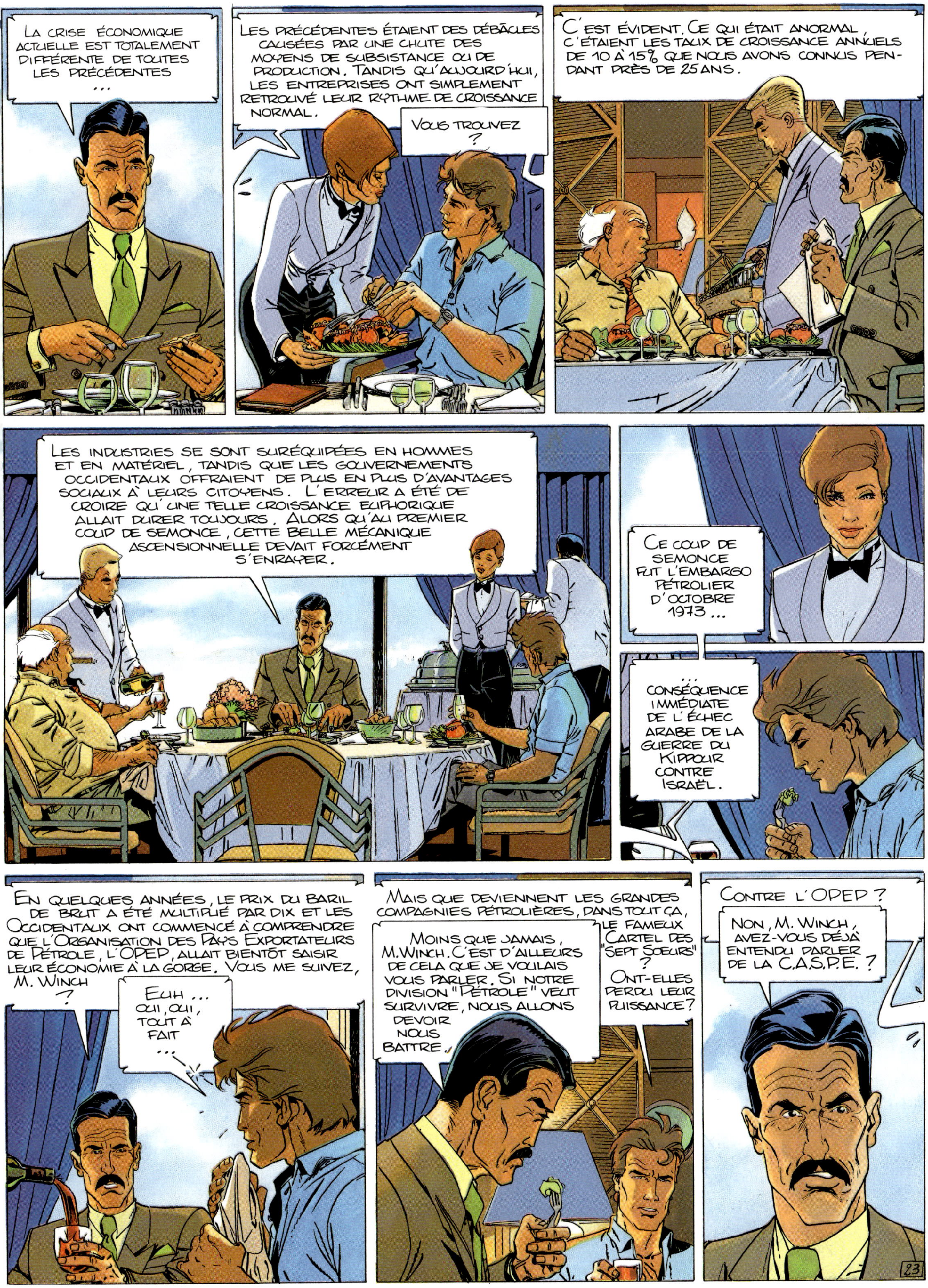
La crise économique actuelle est totalement différente de toutes les précédentes ...
Les précédentes étaient des débâcles causées par une chute des moyens de subsistance ou de production. Tandis qu'aujourd'hui, les entreprises ont simplement retrouvé leur rythme de croissance normal.
Vous trouvez ?
C'est évident. Ce qui était anormal, c'étaient les taux de croissance annuels de 10 à 15% que nous avons connus pendant près de 25 ans.
Les industries se sont suréquipées en hommes et en matériel, tandis que les gouvernements occidentaux offraient de plus en plus d'avantages sociaux à leurs citoyens. L'erreur a été de croire qu'une telle croissance euphorique allait durer toujours. Alors qu'au premier coup de semonce, cette belle mécanique ascensionnelle devait forcément s'enrayer.
Ce coup de semonce fut l'embargo pétrolier d'octobre 1973 ...
... conséquence immédiate de l'échec arabe de la guerre du Kippour contre Israël.
En quelques années, le prix du baril de brut a été multiplié par dix et les Occidentaux ont commencé à comprendre que l'Organisation des Pays Exportateurs de Pétrole, l'OPEP, allait bientôt saisir leur économie à la gorge. Vous me suivez, M. Winch ?
Euh ... oui, oui, tout à fait ...
Mais que deviennent les grandes compagnies pétrolières, dans tout ça, le fameux cartel des "Sept Soeurs" ?
Ont-elles perdu leur puissance ?
Moins que jamais, M. Winch. C'est d'ailleurs de cela que je voulais vous parler. Si notre division "Pétrole" veut survivre, nous allons devoir nous battre.
Contre l'OPEP ?
Non, M. Winch, avez-vous déjà entendu parler de la C.A.S.P.E. ?
23

FUN
IL N'Y EST PAS...
EST-CE QU'ELLE L'AURAIT DÉJÀ TRANSMIS ? CE SERAIT UNE CATASTROPHE ...
À MOINS QUE ...
C'EST BIEN ÇA ... OUF !
WINCHAIR
HÉ, VOUS ÊTES FOU !?
AVEC TOUTE LA PAPERASSE QUI TRAÎNE ICI, VOUS VOULEZ FLANQUER LE FEU À LA BOÎTE, OU QUOI ?
BON SANG, RENDEZ-MOI ÇA !
UNE SECONDE ... ET D'ABORD, COMMENT ÊTES-VOUS ENTRÉ ? LA PORTE ÉTAIT FERMÉE À CLÉ.
WINCHAIR
ELLE NE L'ÉTAIT PAS. VOTRE COLLÈGUE A DÛ OUBLIER DE LA FERMER. RENDEZ-MOI CE FAX, S'IL VOUS PLAÎT.

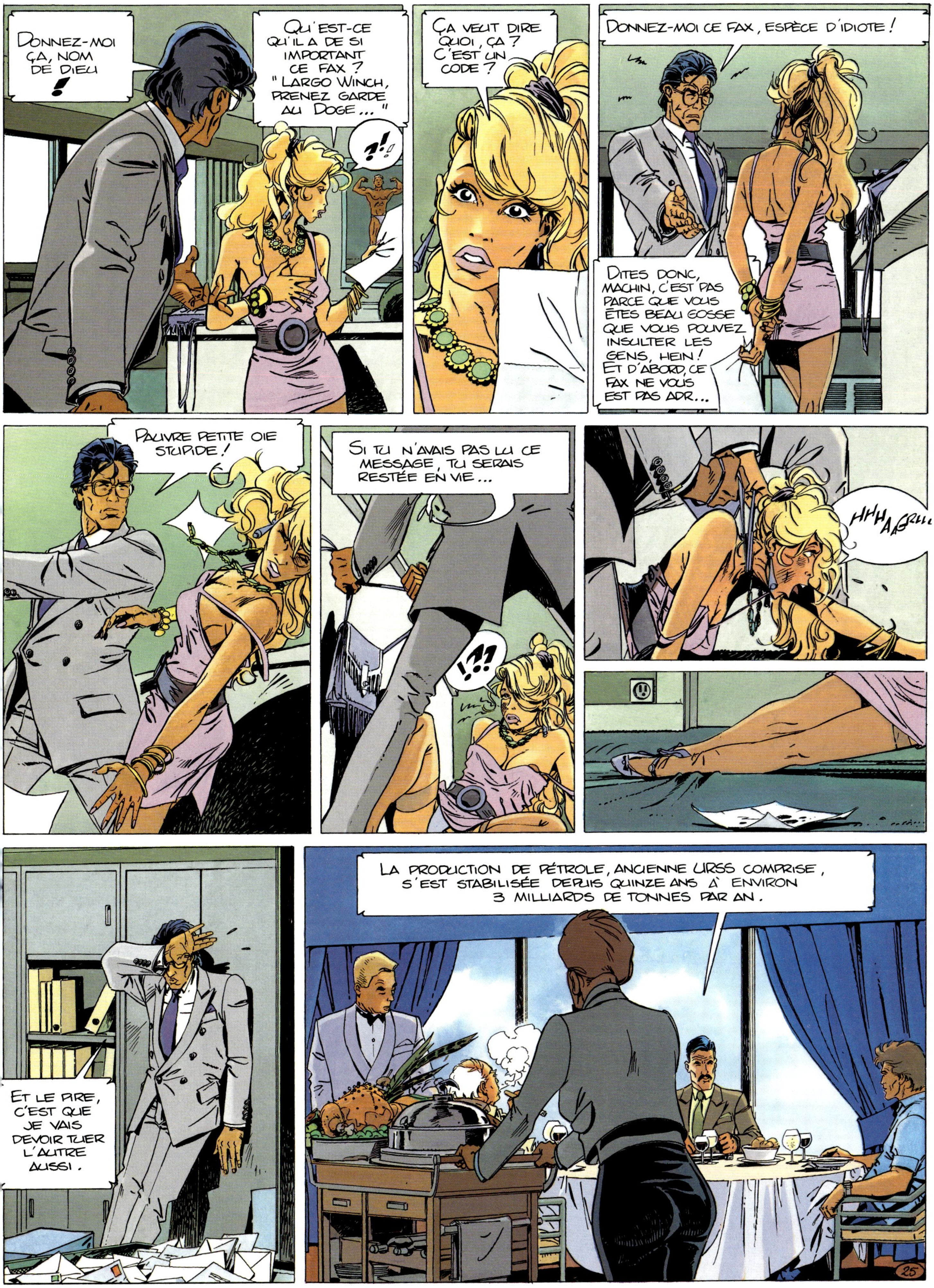

DONNEZ-MOI ÇA, NOM DE DIEU !
QU'EST-CE QU'IL A DE SI IMPORTANT CE FAX ? "LARGO WINCH, PRENEZ GARDE AU DOGE..."
?!
ÇA VEUT DIRE QUOI, ÇA ? C'EST UN CODE ?
DONNEZ-MOI CE FAX, ESPÈCE D'IDIOTE !
DITES DONC, MACHIN, C'EST PAS PARCE QUE VOUS ÊTES BEAU GOSSE QUE VOUS POUVEZ INSULTER LES GENS, HEIN ! ET D'ABORD, CE FAX NE VOUS EST PAS ADR...
PAUVRE PETITE OIE STUPIDE !
SI TU N'AVAIS PAS LU CE MESSAGE, TU SERAIS RESTÉE EN VIE...
!?!
HHHAAGRR...
ET LE PIRE, C'EST QUE JE VAIS DEVOIR TUER L'AUTRE AUSSI.
LA PRODUCTION DE PÉTROLE, ANCIENNE URSS COMPRISE, S'EST STABILISÉE DEPUIS QUINZE ANS À ENVIRON 3 MILLIARDS DE TONNES PAR AN.

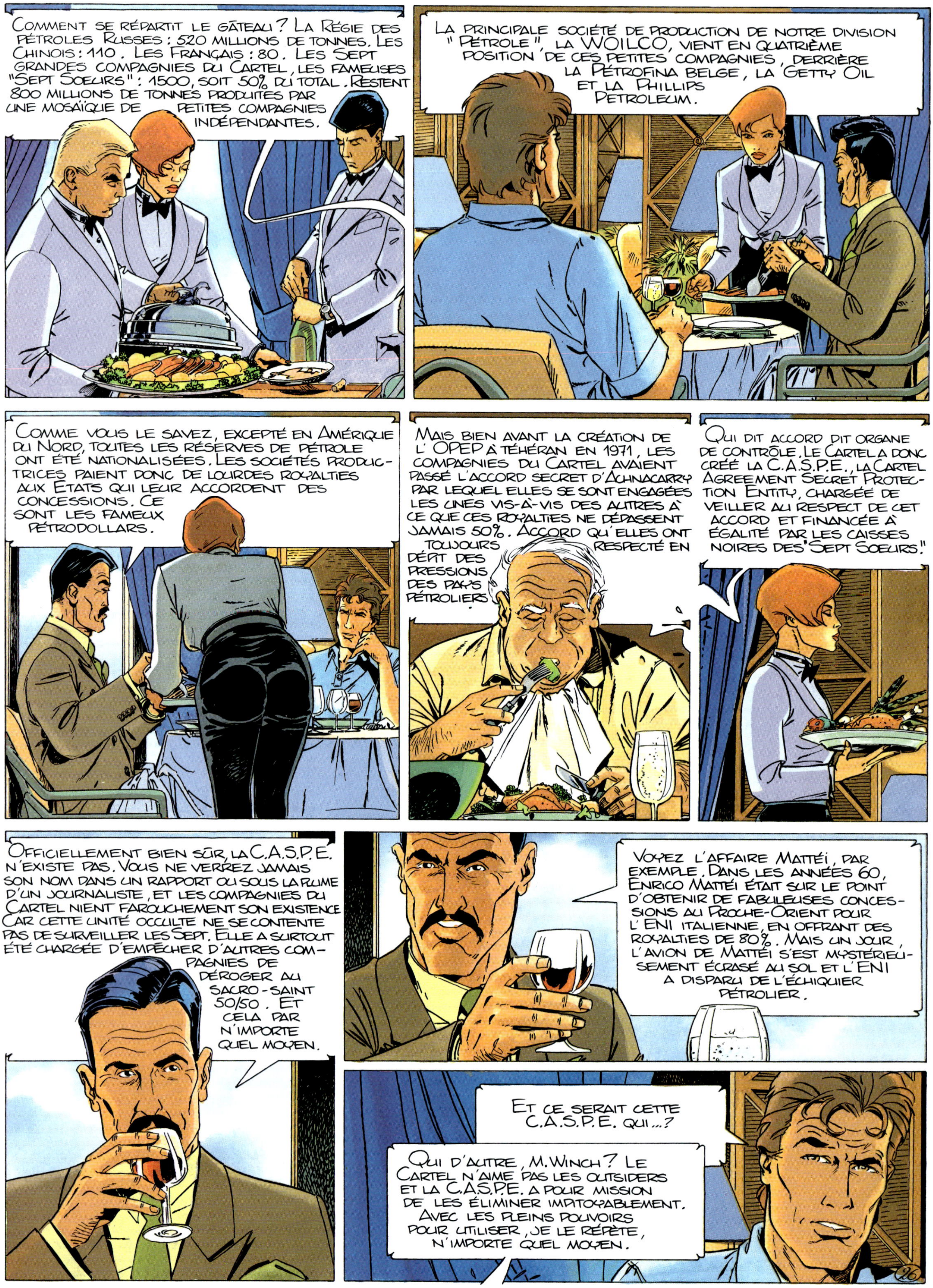

Comment se répartit le gâteau ? La Régie des pétroles russes : 520 millions de tonnes. Les Chinois : 110. Les Français : 80. Les Sept grandes compagnies du Cartel, les fameuses "Sept Soeurs" : 1500, soit 50% du total. Restent 800 millions de tonnes produites par une mosaïque de petites compagnies indépendantes.
La principale société de production de notre division "Pétrole", la WOILCO, vient en quatrième position de ces petites compagnies, derrière la Pétrofina belge, la Getty Oil et la Phillips Petroleum.
Comme vous le savez, excepté en Amérique du Nord, toutes les réserves de pétrole ont été nationalisées. Les sociétés productrices paient donc de lourdes royalties aux États qui leur accordent des concessions. Ce sont les fameux pétrodollars.
Mais bien avant la création de l'OPEP à Téhéran en 1971, les compagnies du Cartel avaient passé l'accord secret d'Achnacarry par lequel elles se sont engagées les unes vis-à-vis des autres à ce que ces royalties ne dépassent jamais 50%. Accord qu'elles ont toujours respecté en dépit des pressions des pays pétroliers.
Qui dit accord dit organe de contrôle. Le Cartel a donc créé la C.A.S.P.E., la Cartel Agreement Secret Protection Entity, chargée de veiller au respect de cet accord et financée à égalité par les caisses noires des "Sept Soeurs".
Officiellement bien sûr, la C.A.S.P.E. n'existe pas. Vous ne verrez jamais son nom dans un rapport ou sous la plume d'un journaliste, et les compagnies du Cartel nient farouchement son existence. Car cette unité occulte ne se contente pas de surveiller les Sept. Elle a surtout été chargée d'empêcher d'autres compagnies de déroger au sacro-saint 50/50. Et cela par n'importe quel moyen.
Voyez l'affaire Mattéi, par exemple. Dans les années 60, Enrico Mattéi était sur le point d'obtenir de fabuleuses concessions au Proche-Orient pour l'ENI italienne, en offrant des royalties de 80%. Mais un jour, l'avion de Mattéi s'est mystérieusement écrasé au sol et l'ENI a disparu de l'échiquier pétrolier.
Et ce serait cette C.A.S.P.E. qui...?
Qui d'autre, M. Winch ? Le Cartel n'aime pas les outsiders et la C.A.S.P.E. a pour mission de les éliminer impitoyablement. Avec les pleins pouvoirs pour utiliser, je le répète, n'importe quel moyen.

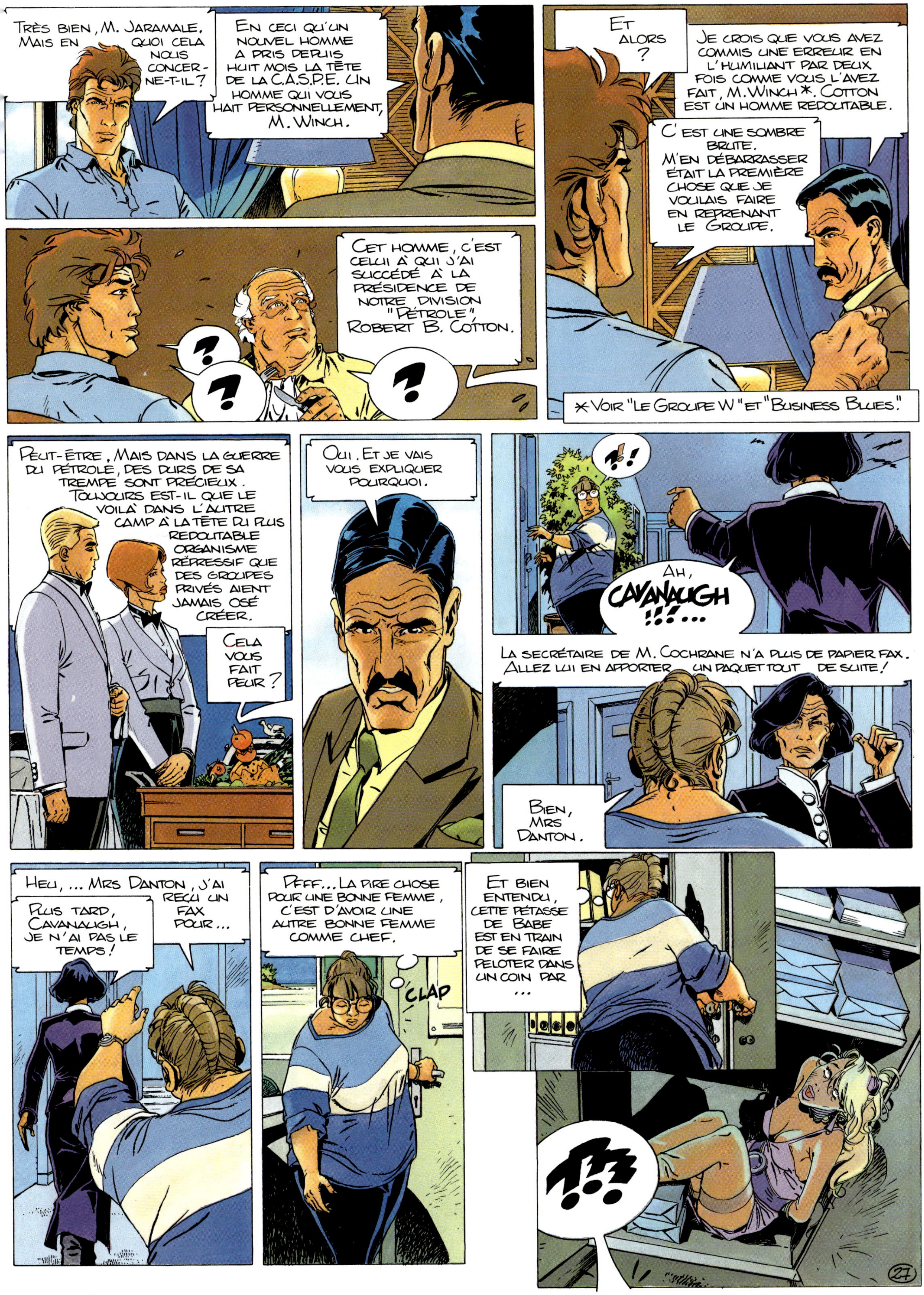
Très bien, M. Jaramale. Mais en quoi cela nous concerne-t-il?
En ceci qu'un nouvel homme a pris depuis huit mois la tête de la C.A.S.P.E. Un homme qui vous hait personnellement, M. Winch.
Et alors ?
Je crois que vous avez commis une erreur en l'humiliant par deux fois comme vous l'avez fait, M. Winch*. Cotton est un homme redoutable.
C'est une sombre brute. M'en débarrasser était la première chose que je voulais faire en reprenant le Groupe.
Cet homme, c'est celui à qui j'ai succédé à la présidence de notre division "Pétrole", Robert B. Cotton.
?
?
?
*Voir "Le Groupe W" et "Business Blues."
Peut-être. Mais dans la guerre du pétrole, des durs de sa trempe sont précieux. Toujours est-il que le voilà dans l'autre camp à la tête du plus redoutable organisme répressif que des groupes privés aient jamais osé créer.
Cela vous fait peur?
Oui. Et je vais vous expliquer pourquoi.
!!
Ah, Cavanaugh !!!...
La secrétaire de M. Cochrane n'a plus de papier fax. Allez lui en apporter un paquet tout de suite!
Bien, Mrs Danton.
Heu, ... Mrs Danton, j'ai reçu un fax pour...
Plus tard, Cavanaugh, je n'ai pas le temps!
Pfff... La pire chose pour une bonne femme, c'est d'avoir une autre bonne femme comme chef.
Clap
Et bien entendu, cette pétasse de Babe est en train de se faire peloter dans un coin par ...
!?!
27

HHH...
AAAAAH
QUI EST-CE QUE...!? C'EST VOUS QUI...?
SINCÈREMENT DÉSOLÉ, BRENDA, MAIS VOUS AVEZ TIRÉ LA MAUVAISE CARTE.
?
NOOON
FUN
THUD THUD THUD
PWANGGG
OUPS!
FIRE EXIT
28

COMME VOUS LE SAVEZ, LES FOURNITURES DE LA WOILCO VIENNENT DE NOS PUITS DU TEXAS ET DE L'OKLAHOMA, AINSI QUE DE NOS CONCESSIONS AU CANADA ET AU VENEZUELA.
MAIS LA PRODUCTION AMÉRICAINE EST LIMITÉE PAR LE GOUVERNEMENT, L'EXTRACTION DANS LE GRAND NORD CANADIEN COÛTE AFFREUSEMENT CHER ET LE VENEZUELA EST EN TRAIN D'ACHEVER LA NATIONALISATION VERTICALE DE SON INDUSTRIE PÉTROLIÈRE. NOUS DEVONS DONC ABSOLUMENT TROUVER DE NOUVELLES SOURCES D'APPROVISIONNEMENT DE BRUT.
MAIS OÙ? TOUT LE PROCHE-ORIENT, AINSI QUE L'AFRIQUE, LES CARAÏBES ET L'AMÉRIQUE LATINE, SONT LE FIEF JALOUSEMENT GARDÉ DES COMPAGNIES DU CARTEL. SEULS LES FRANÇAIS ONT RÉUSSI À SE TAILLER UNE PETITE PLACE DANS LES EMIRATS. ALORS, OÙ CHERCHER?
EN INDONÉSIE, MESSIEURS! LES ÎLES DE CE PAYS SEMBLENT FLOTTER SUR UNE MER DE PÉTROLE ET ON Y DÉCOUVRE CHAQUE ANNÉE DE NOUVEAUX GISEMENTS.
VOUS AVEZ OBTENU UNE CONCESSION?
UN DROIT DE RECHERCHE, EN TOUT CAS. SUR LA CÔTE DE MACASSAR, ENTRE CÉLÈBES ET BORNÉO. EN FAIT, C'EST COTTON QUI AVAIT NOUÉ LES PREMIERS CONTACTS AVEC LES INDONÉSIENS. JE N'AI FAIT QUE PRENDRE LA SUITE.
ET EN CAS DE SUCCÈS, QUEL SERAIT LE TAUX DES ROYALTIES?
70%. JE N'AI PAS PU OBTENIR MOINS. MAIS SI LES GISEMENTS DE MACASSAR SONT AUSSI RICHES QUE NOUS LE SUPPOSONS, CELA NOUS LAISSERAIT ENCORE D'APPRÉCIABLES BÉNÉFICES.
DONC, SI J'AI BIEN COMPRIS, LA WOILCO S'APPRÊTE À TRANSGRESSER LA LOI DU CARTEL.
C'EST ÉVIDEMMENT LE NOEUD DU PROBLÈME, SULLIVAN. COTTON, PATRON DE LA C.A.S.P.E., CONNAÎT D'AUTANT MIEUX L'OBJET DE MES NÉGOCIATIONS QU'IL LES AVAIT LUI-MÊME ENTAMÉES.
MAIS LA C.A.S.P.E. N'A ENCORE RIEN TENTÉ POUR VOUS CONTRECARRER?
NON, ET C'EST BIEN CE QUI M'INQUIÈTE. TANT QUE L'ACCORD AVEC LES INDONÉSIENS NE SERA PAS SIGNÉ, JE M'ATTENDRAI AU PIRE.
29

HEUREUSEMENT, LE MINISTRE INDONÉSIEN DE L'ÉNERGIE DOIT VENIR DANS QUELQUES JOURS EN VISITE PRIVÉE AUX ÉTATS-UNIS. J'AI OBTENU QU'IL PROFITE DE CE VOYAGE POUR VENIR ICI MÊME CONCRÉTISER NOTRE ACCORD ET SIGNER LA CONVENTION.
LE RENDEZ-VOUS EST FIXÉ À LUNDI PROCHAIN, 10 H. LE MINISTRE VIENDRA AVEC SON AMBASSADEUR À WASHINGTON.
J'AI CRU COMPRENDRE QU'ILS SERAIENT TOUS DEUX SENSIBLES À VOTRE PRÉSENCE, M. WINCH.
EUH... OUI, OUI. LUNDI MATIN, 10 H, C'EST TRÈS BIEN.
À VOTRE PLACE, JE NE M'EN FERAIS PAS TROP POUR COTTON, M. JARAMALE, LA C.A.S.P.E. ET LE CARTEL ONT D'AUTRES CHATS À FOUETTER QU'UNE PETITE COMPAGNIE COMME LA WOILCO.
VOUS CONNAISSEZ MAL LE MONDE DU PÉTROLE, M. WINCH. JE CRAINS AU CONTRAIRE QUE ...
!!!
!
BOM
?!!
JE VOUS EN SUPPLIE, AIDEZ-MOI!... IL VEUT ME TUER!...
!?
!!
MAIS, MADEMOISELLE ...
IL VEUT ME TUER !!...
THUD THUD THUD
42
!
?!
?!!
!!?

LA SÉCURITÉ ! ALERTEZ LA SÉCURITÉ !
LARGO, NON !
FIRE EXIT
THUD
THUCC
LEVEL 40
AAAHH
THUD
ARRÊTEZ !
LEVEL 40

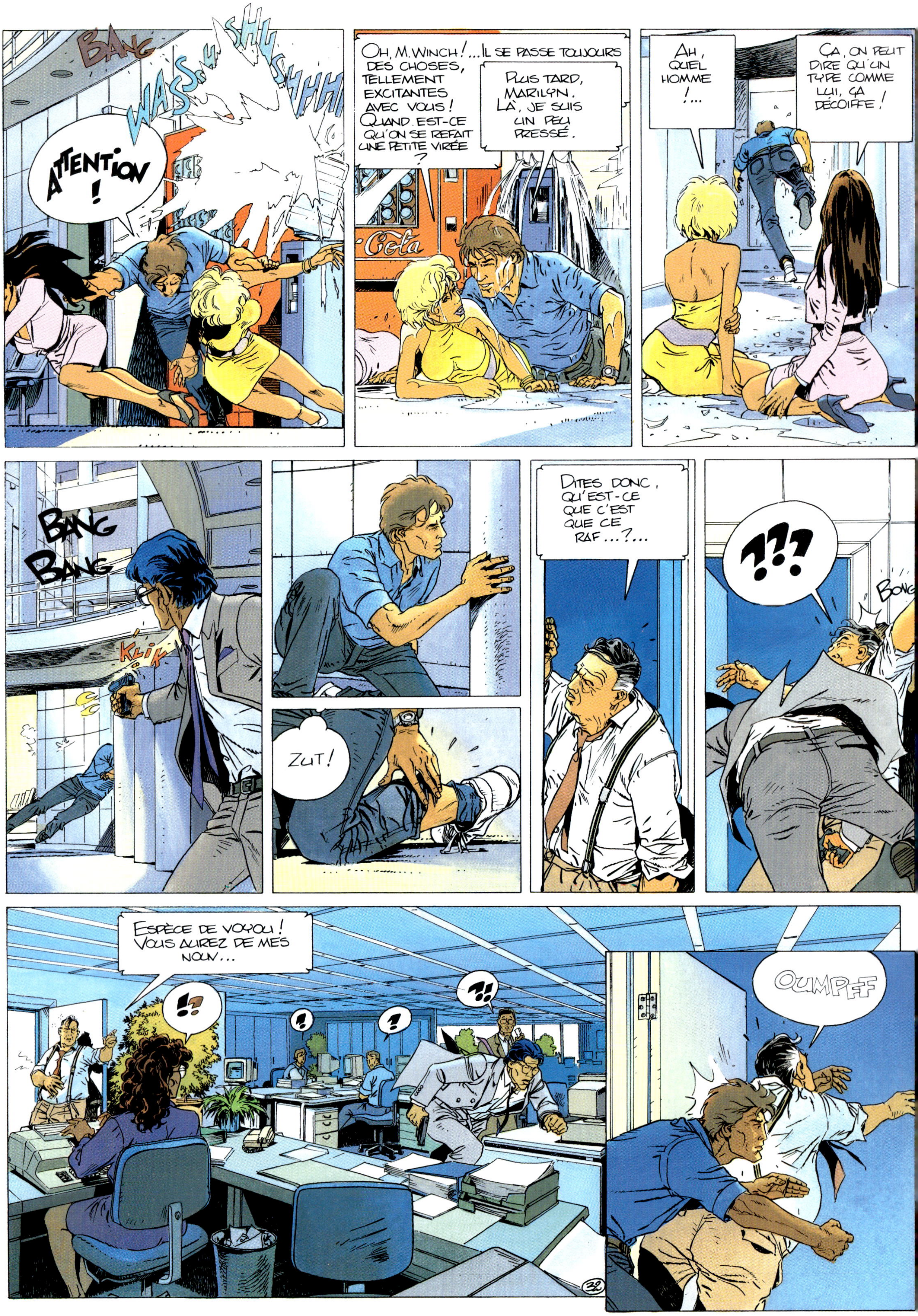
BANG
WASS...
SHUSHHHH
ATTENTION !
OH, M. WINCH ! ... IL SE PASSE TOUJOURS DES CHOSES, TELLEMENT EXCITANTES AVEC VOUS ! QUAND EST-CE QU'ON SE REFAIT UNE PETITE VIRÉE ?
PLUS TARD, MARILYN. LÀ, JE SUIS UN PEU PRESSÉ.
AH, QUEL HOMME !...
ÇA, ON PEUT DIRE QU'UN TYPE COMME LUI, ÇA DÉCOIFFE !
BANG
BANG
KLIK
ZUT !
DITES DONC, QU'EST-CE QUE C'EST QUE CE RAF...?...
???
BONG
ESPÈCE DE VOYOU ! VOUS AUREZ DE MES NOUV...
OUMPFF

NON, M. COCHRANE EST EN CONFÉRENCE ET ...
?!
LE BÉNÉFICE CONSOLIDÉ DU TROISIÈME TRIMESTRE POURRAIT DONC ÊTRE ESTIMÉ À ...
QU'EST-CE QUE C'EST !?
MARCHINI, QU'EST-CE QU'IL VOUS PREND !?
IL Y A UNE SORTIE DE SECOURS ? VITE!
L'É... L'ÉCHELLE D'INCENDIE... LA PORTE DU FOND...
WARNING
OUTSIDE LADDER FOR EMERGENCY ONLY !
DANGER
M. WINCH ! J'AURAIS DÛ ME DOUTER QUE VOUS ÉTIEZ MÊLÉ À CE...
ATTENTION !
?!

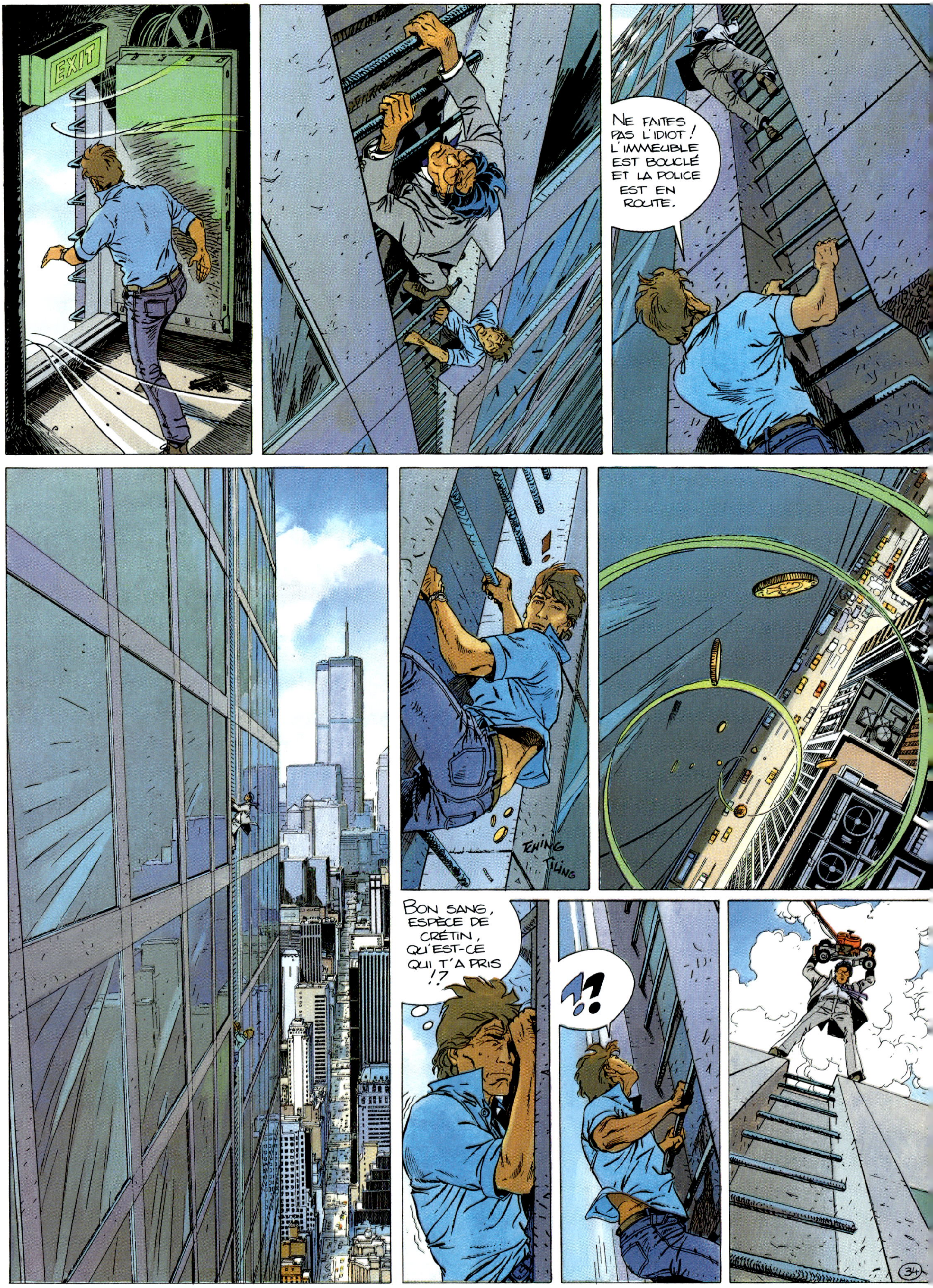
EXIT
NE FAITES PAS L'IDIOT ! L'IMMEUBLE EST BOUCLÉ ET LA POLICE EST EN ROUTE.
TCHING
TILING
BON SANG, ESPÈCE DE CRÉTIN, QU'EST-CE QUI T'A PRIS !?
?!
34

CLONG
KRASHHHHH
?!
WHIii
?!
?!
QU'EST-CE QUE...?
SERGENT! REGARDEZ LÀ-HAUT!
CHEVROLET
4620
CETTE FOIS, JE NE TE RATERAI PAS, WINCH!
MAIS QUI ÊTES-VOUS ?! POURQUOI AVOIR TUÉ CETTE FILLE !?
LES CIRCONSTANCES, WINCH. UNIQUEMENT LES CIRCONSTANCES...

!
St. Vincent's
PARAMEDICS
EMS
FLAP
DOUCEMENT, MONSIEUR. VOILÀ, VOUS Y ÊTES.
TYLER ?!? QUE S'EST-IL PASSÉ !?
J'AI CRU COMPRENDRE QUE VOUS ÉTIEZ EN DIFFICULTÉ, MONSIEUR. JE ME SUIS PERMIS D'INTERVENIR.
ÇA, POUR ÊTRE INTERVENU, VOUS ÊTES INTERVENU. MAIS COMMENT AVEZ-VOUS FAIT ?
J'ÉTAIS TROP LOIN ET IL ME FALLAIT UNE ARME, MONSIEUR. EN VOYANT LES PARASOLS DE LA TERRASSE, JE ME SUIS RAPPELÉ ...AHEM... QU'AU TEMPS DE MA JEUNESSE EN ANGLETERRE, J'AVAIS GAGNÉ LE CHAMPIONNAT INTERCOLLÈGES DE LANCEMENT DU JAVELOT, MONSIEUR.
36

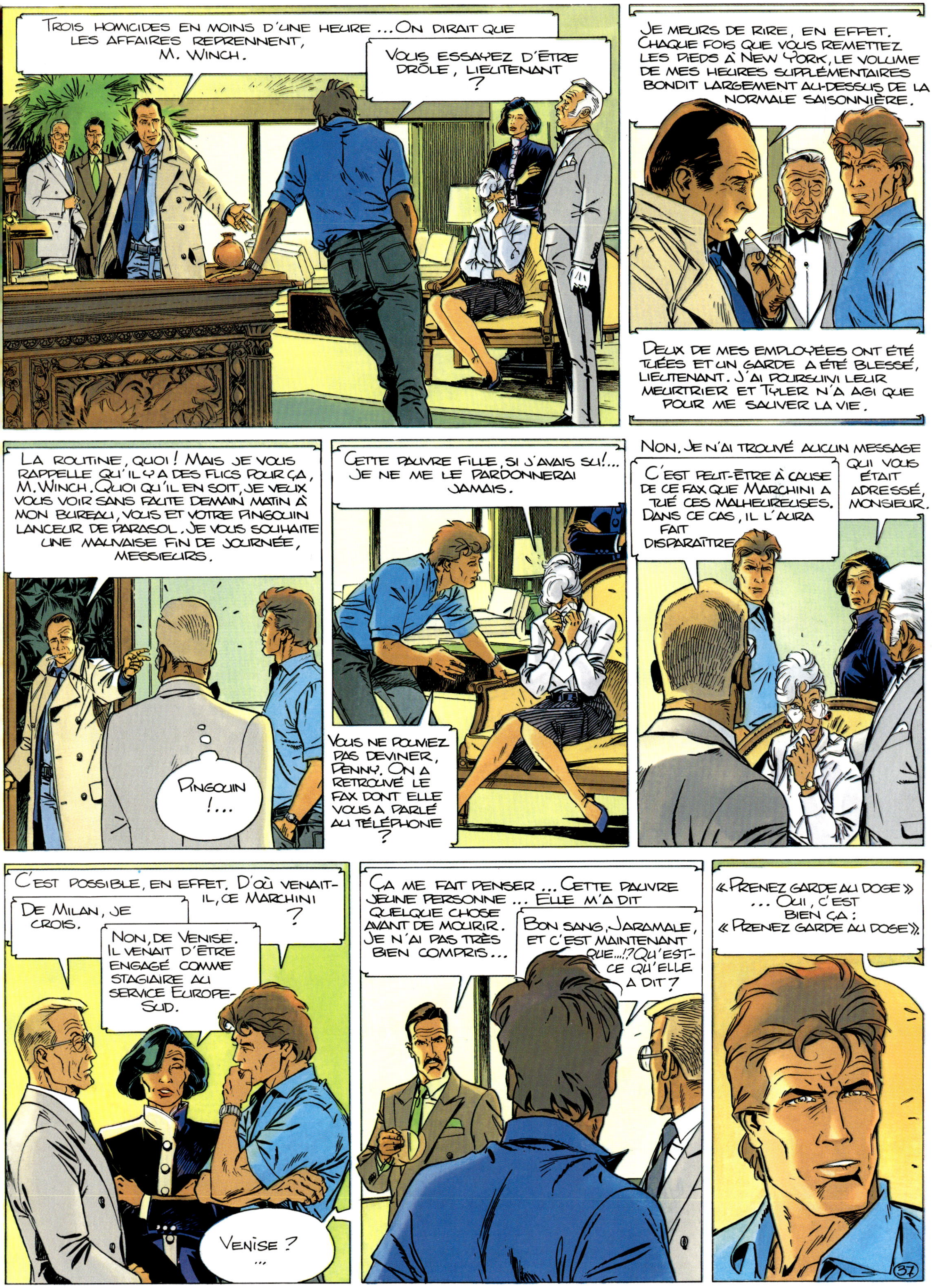
TROIS HOMICIDES EN MOINS D'UNE HEURE ... ON DIRAIT QUE LES AFFAIRES REPRENNENT, M. WINCH.
VOUS ESSAYEZ D'ÊTRE DRÔLE, LIEUTENANT ?
JE MEURS DE RIRE, EN EFFET. CHAQUE FOIS QUE VOUS REMETTEZ LES PIEDS À NEW YORK, LE VOLUME DE MES HEURES SUPPLÉMENTAIRES BONDIT LARGEMENT AU-DESSUS DE LA NORMALE SAISONNIÈRE.
DEUX DE MES EMPLOYÉES ONT ÉTÉ TUÉES ET UN GARDE A ÉTÉ BLESSÉ, LIEUTENANT. J'AI POURSUIVI LEUR MEURTRIER ET TYLER N'A AGI QUE POUR ME SAUVER LA VIE.
LA ROUTINE, QUOI ! MAIS JE VOUS RAPPELLE QU'IL Y A DES FLICS POUR ÇA, M. WINCH. QUOI QU'IL EN SOIT, JE VEUX VOUS VOIR SANS FAUTE DEMAIN MATIN À MON BUREAU, VOUS ET VOTRE PINGOUIN LANCEUR DE PARASOL. JE VOUS SOUHAITE UNE MAUVAISE FIN DE JOURNÉE, MESSIEURS.
PINGOUIN !...
CETTE PAUVRE FILLE, SI J'AVAIS SU !... JE NE ME LE PARDONNERAI JAMAIS.
VOUS NE POUVIEZ PAS DEVINER, PENNY. ON A RETROUVÉ LE FAX DONT ELLE VOUS A PARLÉ AU TÉLÉPHONE ?
NON. JE N'AI TROUVÉ AUCUN MESSAGE QUI VOUS ÉTAIT ADRESSÉ, MONSIEUR.
C'EST PEUT-ÊTRE À CAUSE DE CE FAX QUE MARCHINI A TUÉ CES MALHEUREUSES. DANS CE CAS, IL L'AURA FAIT DISPARAÎTRE.
C'EST POSSIBLE, EN EFFET. D'OÙ VENAIT-IL, CE MARCHINI ?
DE MILAN, JE CROIS.
NON, DE VENISE. IL VENAIT D'ÊTRE ENGAGÉ COMME STAGIAIRE AU SERVICE EUROPE-SUD.
VENISE ? ...
ÇA ME FAIT PENSER ... CETTE PAUVRE JEUNE PERSONNE ... ELLE M'A DIT QUELQUE CHOSE AVANT DE MOURIR. JE N'AI PAS TRÈS BIEN COMPRIS ...
BON SANG, JARAMALE, ET C'EST MAINTENANT QUE ... !? QU'EST-CE QU'ELLE A DIT ?
« PRENEZ GARDE AU DOGE » ... OUI, C'EST BIEN ÇA : « PRENEZ GARDE AU DOGE ».
37

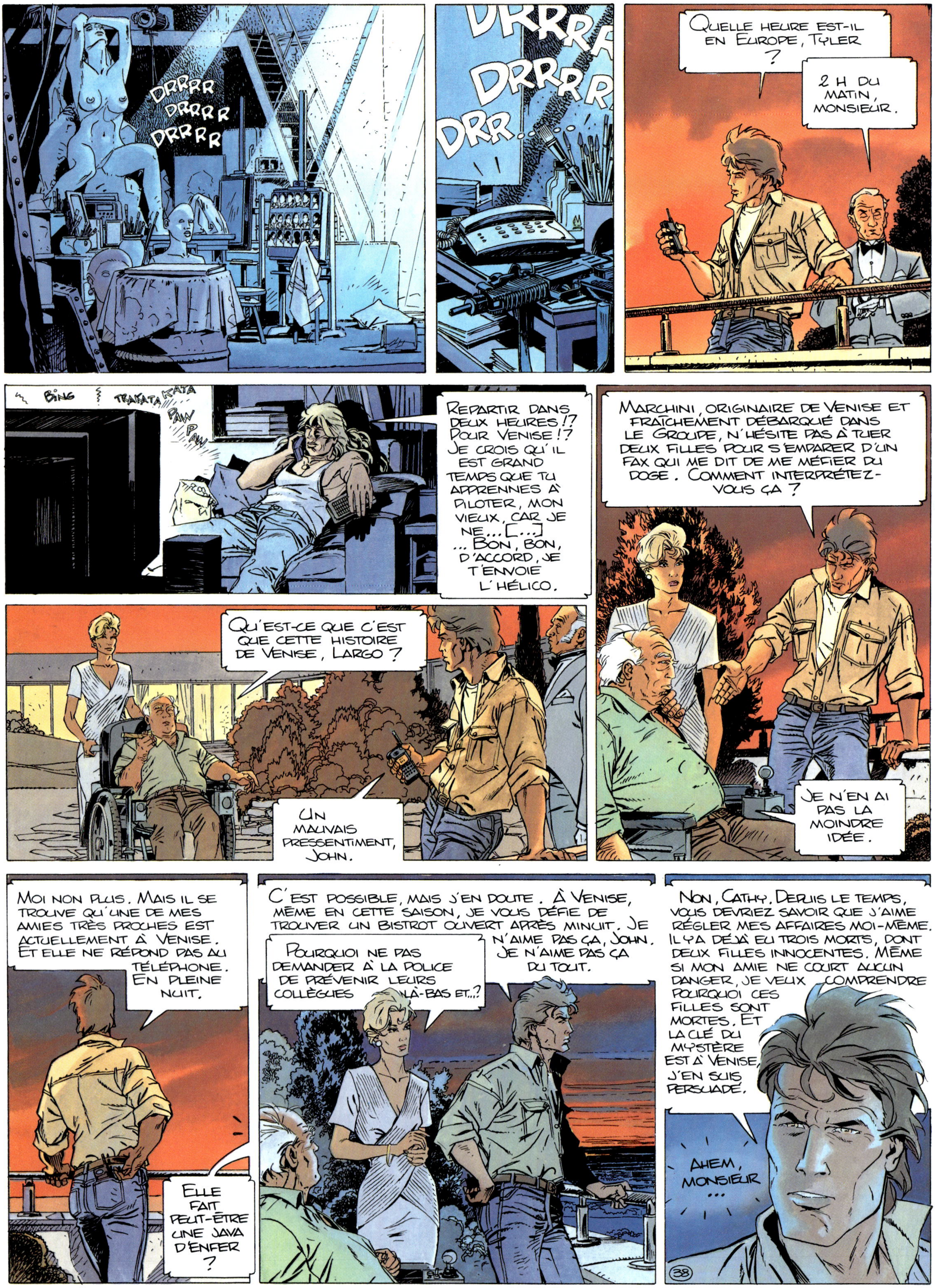
DRRRR
DRRRRR
DRRRR
DRRRRA
DRRRRR
DRR...
QUELLE HEURE EST-IL EN EUROPE, TYLER ?
2 H DU MATIN, MONSIEUR.
BING
TRATATA KATA
PAW PAW PAW
REPARTIR DANS DEUX HEURES !? POUR VENISE !? JE CROIS QU'IL EST GRAND TEMPS QUE TU APPRENNES À PILOTER, MON VIEUX, CAR JE NE... [...] ... BON, BON, D'ACCORD, JE T'ENVOIE L'HÉLICO.
MARCHINI, ORIGINAIRE DE VENISE ET FRAÎCHEMENT DÉBARQUÉ DANS LE GROUPE, N'HÉSITE PAS À TUER DEUX FILLES POUR S'EMPARER D'UN FAX QUI ME DIT DE ME MÉFIER DU DOGE. COMMENT INTERPRÉTEZ-VOUS ÇA ?
QU'EST-CE QUE C'EST QUE CETTE HISTOIRE DE VENISE, LARGO ?
UN MAUVAIS PRESSENTIMENT, JOHN.
JE N'EN AI PAS LA MOINDRE IDÉE.
MOI NON PLUS. MAIS IL SE TROUVE QU'UNE DE MES AMIES TRÈS PROCHES EST ACTUELLEMENT À VENISE. ET ELLE NE RÉPOND PAS AU TÉLÉPHONE. EN PLEINE NUIT.
ELLE FAIT PEUT-ÊTRE UNE JAVA D'ENFER ?
C'EST POSSIBLE, MAIS J'EN DOUTE. À VENISE, MÊME EN CETTE SAISON, JE VOUS DÉFIE DE TROUVER UN BISTROT OUVERT APRÈS MINUIT. JE N'AIME PAS ÇA, JOHN. JE N'AIME PAS ÇA DU TOUT.
POURQUOI NE PAS DEMANDER À LA POLICE DE PRÉVENIR LEURS COLLÈGUES LÀ-BAS ET...?
NON, CATHY. DEPUIS LE TEMPS, VOUS DEVRIEZ SAVOIR QUE J'AIME RÉGLER MES AFFAIRES MOI-MÊME. IL Y A DÉJÀ EU TROIS MORTS, DONT DEUX FILLES INNOCENTES. MÊME SI MON AMIE NE COURT AUCUN DANGER, JE VEUX COMPRENDRE POURQUOI CES FILLES SONT MORTES. ET LA CLÉ DU MYSTÈRE EST À VENISE, J'EN SUIS PERSUADÉ.
AHEM, MONSIEUR...
38

MONSIEUR ME PERMETTRA-T-IL DE L'ACCOMPAGNER ? JE ... HUM ... JE N'AI JAMAIS VU VENISE ET JE POURRAI PEUT-ÊTRE ÊTRE UTILE À MONSIEUR.
ET SURTOUT, CELA VOUS ÉVITERAIT DE VOUS RETROUVER SEUL DEMAIN MATIN DEVANT UN CERTAIN LIEUTENANT DU 3ᵉ DISTRICT, HEIN ? D'ACCORD, TYLER, JE VOUS DOIS BIEN ÇA.
ET À NOTRE RETOUR, SI NOUS NOUS ENTENDONS BIEN, VOUS POURREZ ANNONCER À MISS PENNYWINKLE QUE VOUS ÊTES ENGAGÉ. VOUS FAITES REMARQUABLEMENT BIEN LES OEUFS SUR LE PLAT, J'AVAIS OUBLIÉ DE VOUS LE DIRE.
JE VOUS REMERCIE INFINIMENT, MONSIEUR. JE VAIS M'OCCUPER DES BAGAGES, MONSIEUR.
VOUS ALLEZ FAIRE UN IMMENSE PLAISIR À VOTRE SECRÉTAIRE, LARGO. DEPUIS DIX JOURS QUE TYLER EST DANS NOS MURS, MISS PENNYWINKLE EST TRANSFORMÉE.
VOUS CROYEZ QUE J'AI EU LE CHOIX ? ELLE M'A CLAIREMENT FAIT COMPRENDRE QU'ELLE ÉTAIT PRÊTE À DÉMISSIONNER SI JE NE LE GARDAIS PAS. ET VOUS SAVEZ COMME MOI QUE SI PENNYWINKLE S'EN VA, C'EST LA MORT DU GROUPE.
NOUS AVONS QUELQU'UN À VENISE, JOHN ?
JE NE CROIS PAS, NON. AH, SI, LE PRÉDÉCESSEUR DE MRS DANTON À LA TÊTE DU DÉPARTEMENT EUROPE DE L'ADMINISTRATION, PASQUALE ZORZI. IL A QUITTÉ LE GROUPE POUR OUVRIR UN RESTAURANT DE LUXE LÀ-BAS. IL CONNAÎT SÛREMENT BEAUCOUP DE MONDE À VENISE ET IL POURRA PEUT-ÊTRE VOUS ÊTRE UTILE.
ET NOTRE RENDEZ-VOUS AVEC LES INDONÉSIENS ?
CE N'EST QUE DANS UNE SEMAINE, JOHN.
JE SERAI RENTRÉ À TEMPS POUR CETTE RÉUNION, NE VOUS EN FAITES PAS.
JE M'EN FAIS, JUSTEMENT. AVEC VOUS, JE M'EN FAIS TOUJOURS. CES MEURTRES, CES COMPLOTS ... CE GENRE DE CHOSES N'ARRIVAIENT PAS ... AVANT.
CELA DOIT VOUS CHANGER DES FITZBOTTOM, PAS VRAI, TYLER ?
EN EFFET, MONSIEUR. LE SERVICE DE MONSIEUR ME SEMBLE ... COMMENT DIRE ... PLUS ANIMÉ.
38

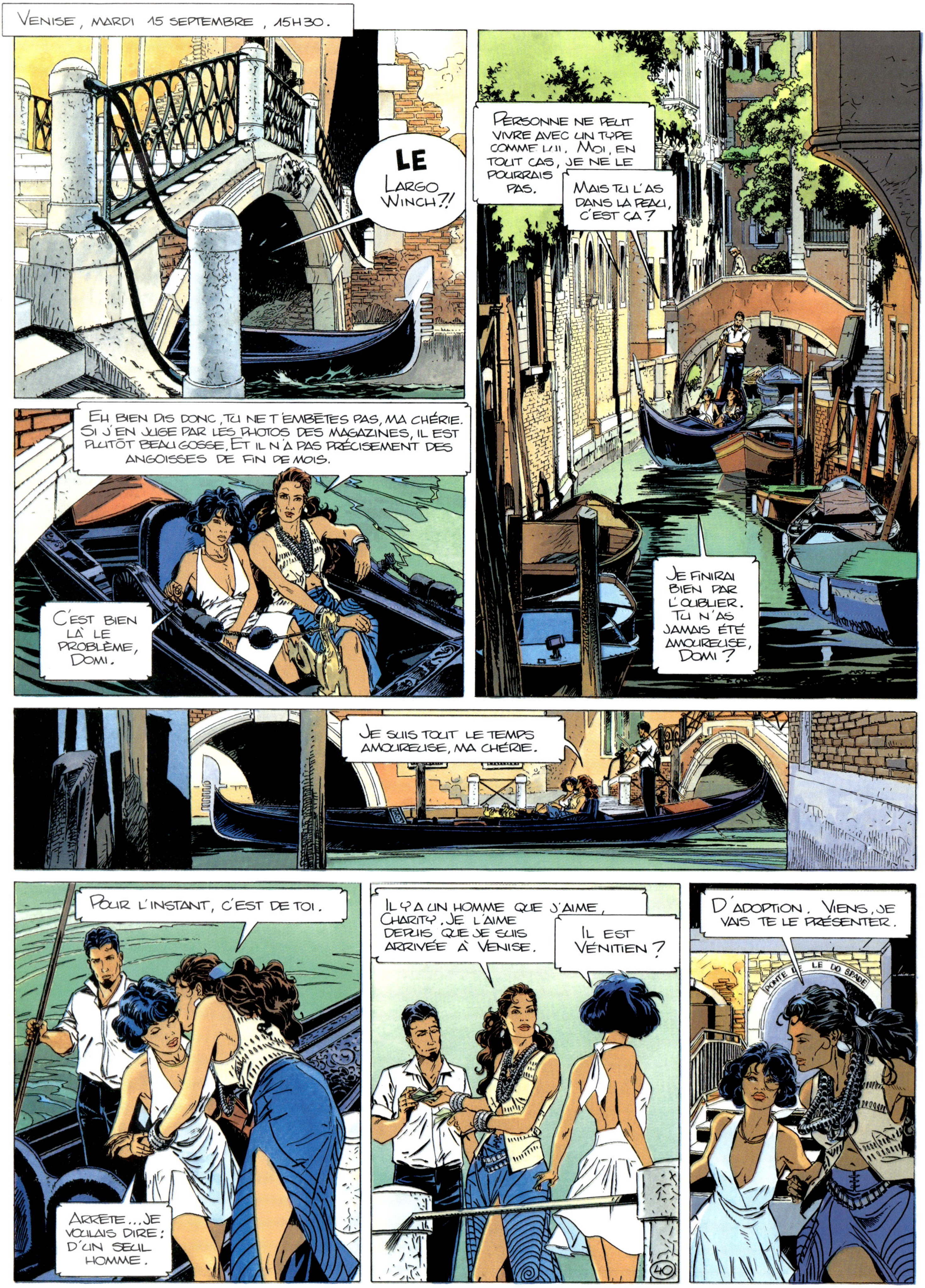
VENISE, MARDI 15 SEPTEMBRE, 15H30.
LE LARGO WINCH ?!
PERSONNE NE PEUT VIVRE AVEC UN TYPE COMME LUI. MOI, EN TOUT CAS, JE NE LE POURRAIS PAS.
MAIS TU L'AS DANS LA PEAU, C'EST ÇA ?
EH BIEN DIS DONC, TU NE T'EMBÊTES PAS, MA CHÉRIE. SI J'EN JUGE PAR LES PHOTOS DES MAGAZINES, IL EST PLUTÔT BEAU GOSSE. ET IL N'A PAS PRÉCISÉMENT DES ANGOISSES DE FIN DE MOIS.
C'EST BIEN LÀ LE PROBLÈME, DOMI.
JE FINIRAI BIEN PAR L'OUBLIER. TU N'AS JAMAIS ÉTÉ AMOUREUSE, DOMI ?
JE SUIS TOUT LE TEMPS AMOUREUSE, MA CHÉRIE.
POUR L'INSTANT, C'EST DE TOI.
ARRÊTE... JE VOULAIS DIRE : D'UN SEUL HOMME.
IL Y A UN HOMME QUE J'AIME, CHARITY. JE L'AIME DEPUIS QUE JE SUIS ARRIVÉE À VENISE.
IL EST VÉNITIEN ?
D'ADOPTION. VIENS, JE VAIS TE LE PRÉSENTER.
PONTE DE LE DO SPADE

SANTI GIOVANNI E PAOLO, UNE DES PLUS GRANDES ÉGLISES DE VENISE...
ET VOILÀ L'HOMME DONT JE T'AI PARLÉ...
?
BARTOLOMEO COLLEONI, UN CONDOTTIERE QUI S'EST MIS AU SERVICE DE LA RÉPUBLIQUE AU XVe SIÈCLE. LA STATUE EST DE VERROCCHIO.
REGARDE CE VISAGE, CHARITY. CETTE FORCE, CET ÉLAN. L'HOMME QUE J'AIMERAI DEVRA AVOIR CE REGARD-LÀ.
MAIS DES HOMMES COMME ÇA, ÇA N'EXISTE PLUS. VIENS, IL EST L'HEURE D'ALLER PRENDRE LE THÉ AU FLORIAN, LE MUST INCONTOURNABLE DU VISITEUR À VENISE.
AGENZIA VIAGGI-TRAVEL AGENCY-REISEB

JE SAIS QUE C'EST TOURISTIQUE, MAIS J'ADORE CET ENDROIT. GOETHE, BYRON, GEORGE SAND, MUSSET, WAGNER... ILS Y SONT TOUS VENUS. IL PARAÎT QUE LES MIROIRS ONT PLUS DE DEUX CENTS ANS.
C'EST CE QUE J'AI LU DANS MON GUIDE.
DEUX THÉS AU RHUM ET BEAUCOUP DE GÂTEAUX, S'IL VOUS PLAÎT.
DES GÂTEAUX!? ET LA LIGNE ?
ON S'EN FICHE, DE LA LIGNE! JE SUIS HEUREUSE, CHARITY.
DOUCEMENT, DOMI, ON NOUS REGARDE.
ON S'EN FICHE AUSSI.
QU'EST-CE QU'IL Y A ?
LÀ, UN DES DEUX TYPES QUI M'ONT AGRESSÉE DANS MON ATELIER.
VIENS, ON FILE.
MAIS...
ON FILE, JE TE DIS.
TU NE FILES NULLE PART, MA POULETTE. ON T'AVAIT BIEN DIT QU'ON TE RETROUVERAIT, HEIN !?
? ?!?
TOUT LE MONDE À TERRE ! LE PREMIER QUI BOUGE, JE LUI EXPLOSE LA TÊTE !!
42

QU'EST-CE QUE C'EST QUE CE CIRQUE !? VOUS ÊTES DANS UN ÉTABLISSEMENT RESPECTABLE, JEUNE H...
FLORIAN
TRATRATRA
L'HÉLICO ARRIVE, ON Y VA !
QU'EST CE QU'ON FAIT DE L'AUTRE FILLE ?
ON L'EMBARQUE AUSSI.
NON, PAS CHARITY !
TA GUEULE, POULETTE ! ET TOI, AVANCE SI TU TIENS À TA PEAU !

GROUILLE ! GROUILLE !!
GdiF 70
ALLEZ, MAGNE-TOI LES FESSES !
J'AI HORREUR DES TYPES GROSSIERS, ESPÈCE DE PORC !
BLINK
AAAHH
SALOPE ! TU VAS ME PAYER ÇA ...
MHH !
URGHHHH
LES FLICS !!
STOP ! STOP !
DÉCOLLE, VITE !
ET CARLO ?
TANT PIS POUR LUI, DÉCOLLE !
GdiF 70
HÉ ! OUUFFH... ATTENDEZ-MOI ! OUUFFH...
44

HÉ! ATTENDEZ-MOI!
RRROOOUUUAARR
KLAP
OUMPFF
PAN
BANG BANG
BANG
BANG
DÉGAGE, BON SANG, DÉGAGE !!!
PENG
PENG
PENG
À MOI! À L'AIDE!
NOM DE DIEU, CARLO EST EN DESSOUS!
HHH
45

VAN HAMME & FRANCQ 97-98
COULEUR: MARIE-PAULE ALLUARD

PROCHAIN ÉPISODE: ... ET MOURIR.

...ET MÖURIR

PHILIPPE FRANCQ • JEAN VAN HAMME

Les scénarios de la série *Largo Winch*
sont librement adaptés des romans du même auteur
publiés aux Editions du Mercure de France.

... la Venise que vous m'avez dévoilée
jusqu'à ce que sa beauté soit à mes yeux
sujet de larmes.

Ezra Pound

Quelque part en Angleterre, un certain M. Brown engage un retraité du Royal Pioneer Corps, comédien amateur, pour une mystérieuse mission.

En septembre de la même année, à Venise, un homme est abattu par quatre tueurs alors qu'il venait d'envoyer par fax un avertissement à Largo Winch : « Prenez garde au Doge... »

Venise où Charity Atkinson, l'amie de Largo, est venue passer quelques jours chez une ancienne compagne de pension devenue sculpteur, Domenica Leone. Les deux amies s'installent à l'hôtel...

... car Domenica venait de se faire agresser dans son atelier par deux individus cagoulés se disant membres des CCR, les Cellules Combattantes Révolutionnaires, en fuite après avoir assassiné un important banquier.

Pendant ce temps, à New York, au siège du Groupe W, un certain Marchini, prêt à tout pour que le fax de Venise n'atteigne pas son destinataire, tue froidement les deux employées qui l'ont réceptionné.

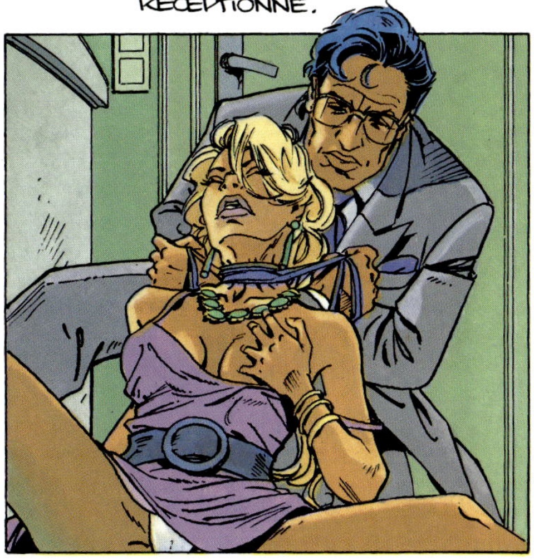

Poursuivi par Largo, Marchini est abattu à son tour par Tyler, un majordome qui venait d'être engagé par Miss Pennywinkle dans l'espoir de transformer son jeune patron en parfait gentleman.

Inquiet pour Charity, Largo décide de se rendre à Venise avec Tyler pour tirer cet imbroglio au clair. Il promet à Sullivan d'être rentré le lundi suivant pour participer à une importante réunion avec le ministre indonésien du Pétrole.

Mais quand il arrive à la Cité des Doges, Charity vient de se faire enlever à bord d'un hélicoptère, en pleine place Saint-Marc, par les terroristes qui avaient précédemment agressé Domenica chez elle.

VENISE, JEUDI 17 SEPTEMBRE.
QUE COMPTEZ-VOUS FAIRE, COMMISSAIRE BARZINI ?
MOI ? RIEN DU TOUT.
ON A RETROUVÉ L'HÉLICOPTÈRE DANS UNE CARRIÈRE ABONDONNÉE PRÈS DE FERRARE, À 120 KM D'ICI. LES FUGITIFS ÉTANT SUR LE CONTINENT, C'EST L'AFFAIRE DES CARABINIERS ET DE LA BRIGADE ANTITERRORISTE, PAS DE MES HOMMES.
PAX TIBI MARCE EVANGELISTA MEUS
MAIS LE RAPT A EU LIEU À VENISE, NOM D'UN CHIEN ! CHEZ VOUS ! VOTRE POLICE ...
MA POLICE EST BIEN FAITE, SIGNOR WINCH. MAIS ELLE N'EST NI ASSEZ NOMBREUSE NI SUFFISAMMENT OUTILLÉE POUR LUTTER CONTRE LES TERRORISTES DES CCR.
IL Y A QUATRE JOURS, ILS ONT ASSASSINÉ LE PRÉSIDENT DE LA BANCA DI COMMERCIO EN PLEIN CENTRE DE VENISE. ENSUITE LE KIDNAPPING DE VOTRE AMIE DEVANT DES CENTAINES DE TÉMOINS. IL S'AGIT LÀ D'OPÉRATIONS DE COMMANDO SOIGNEUSEMENT PRÉPARÉES, SIGNORE.
MAIS POURQUOI CHARITY ? ...
PARCE QU'ELLE ÉTAIT AVEC MOI. C'EST DE MOI QUE CES ORDURES VOULAIENT SE VENGER.
JE N'EN SERAIS PAS SI CERTAIN, SIGNORINA LEONE...
LES CCR S'ATTAQUENT PRINCIPALEMENT À DES PERSONNALITÉS DU MONDE POLITIQUE OU DES AFFAIRES.
CHARITY N'APPARTIENT NI À L'UN NI À L'AUTRE.
ELLE, NON. MAIS VOUS, OUI. CES BANDITS AURONT APPRIS D'UNE MANIÈRE OU D'UNE AUTRE LES... HUM... LIENS QUI VOUS ATTACHENT À CETTE JEUNE PERSONNE.
DONC, D'APRÈS VOUS, IL NE ME RESTE PLUS QU'À ATTENDRE UNE DEMANDE DE RANÇON, C'EST ÇA ?
EXACTEMENT. DÈS QUE VOUS L'AUREZ REÇUE, CONTACTEZ-MOI. NOUS VERRONS ALORS CE QUE NOUS POUVONS FAIRE.

J'imagine votre anxiété, signor Winch, mais vous devez me comprendre. J'ai trop peu d'hommes. 73 policiers en tout, en comptant ceux de la Guardia di Finanza, pour protéger mes concitoyens et les milliers de touristes qui débarquent chaque jour dans notre ville.
Sans parler des services exceptionnels, comme la protection des invités du Doge, par exemple.
?
Quel nom avez-vous dit ?
Mais... le Doge. Son Excellence le duc Francesco Leridan. Je suppose que c'est pour se rendre à son bal masqué que vous étiez venu rejoindre votre amie à Venise ?
Heu... oui, bien entendu. Mais pourquoi l'avez-vous appelé le Doge ?
Tout le monde l'appelle ainsi. Le duc est le dernier descendant d'une grande famille vénitienne qui a donné plusieurs doges à la République.
Son bal annuel est très important pour notre ville. Tous les invités sont, comme vous, des gens fortunés dont Son Excellence obtient d'importantes contributions pour la sauvegarde de notre cité.
L'association « Sauver Venise », je sais. J'ai chargé ma secrétaire d'effectuer un versement.
Son Excellence vous en saura gré. Ah, une dernière chose, signor Winch... J'ai déjà entendu parler de vous, et pas seulement par la presse. Je n'aimerais pas que vous vous lanciez dans des actions ... disons... inconsidérées. En temps ordinaire, Venise est une ville paisible.
POLIZIA MUNICIPALE
Une ville paisible hein ? Je tâcherai de m'en souvenir commissaire
3

JE VEUX ALLER À CE BAL, DOMENICA. J'Y ÉTAIS EFFECTIVEMENT INVITÉ, MAIS J'AI JETÉ L'INVITATION.
VOUS TROUVEZ QUE C'EST LE MOMENT D'ALLER FAIRE DES RONDS DE JAMBE DANS LA JET-SET ?
VOUS OUBLIEZ QUE J'AI REÇU, J'IGNORE ENCORE DE QUI, UN MESSAGE M'AVERTISSANT DE PRENDRE GARDE AU DOGE.
ÇA N'A AUCUN RAPPORT. TOUT LE MONDE ICI SAIT QUE LE VIEUX LERIDAN EST UN DOUX ILLUMINÉ QUI S'EST DONNÉ POUR MISSION SACRÉE DE SAUVER VENISE DE L'ENLISEMENT ET DE L'ÉROSION.
SON SEUL CRIME, SI L'ON PEUT DIRE, EST DE HARCELER TOUS LES MILLIARDAIRES DE LA PLANÈTE POUR RÉCOLTER DES FONDS.
IL Y A BIEN DES MANIÈRES DE RÉCOLTER DES FONDS, DOMENICA.
LE DUC LERIDAN ASSOCIÉ AUX CCR ? C'EST DU MAUVAIS FEUILLETON, LARGO.
PEUT-ÊTRE. BON, AVANT D'ALLER À VOTRE HÔTEL, ALLONS RÉCUPÉRER TYLER QUE J'AI LAISSÉ DANS VOTRE ATELIER AU CAS OÙ LES RAVISSEURS TENTERAIENT DE VOUS CONTACTER ...
...LE BRAVE HOMME DOIT COMMENCER À TROUVER LE TEMPS LONG.
MONSIEUR BROWN, JE VOUS PRIE...
4

Sans invitation, vous n'entrerez pas au bal du Doge. Un de mes amis journaliste a essayé. Ou alors, en montrant votre passeport...
Je préférerais y aller incognito.
J'ai un contact, ici. Un ancien cadre italien du Groupe W qui a pris sa retraite pour ouvrir un restaurant à Venise. Il pourra peut-être me tuyauter. L'ennui, c'est que j'ai oublié son nom.
Il n'y a qu'à faire le tour de tous les restaurants de la ville, ça ne nous prendra jamais que deux ou trois mois.
Ah, nous sommes arrivés. Il y a de la lumière...
C'est Tyler qui... Attention!
?
Mais... ils entrent chez moi!?
Y a-t-il d'autres occupants dans la maison?
Non. Le rez-de-chaussée sert d'entrepôt à un antiquaire. Qu'allez-vous faire?
Ne bougez surtout pas d'ici, Domenica. Sous aucun prétexte.
Bon sang, Tyler! Ces types vont lui tomber dessus...
Tyler! ... Attention!!...
?!?
?!
Thud Thud Thud
5

SON OF A BITCH !
AAAAH
?!?
LARGO, QU'EST-CE QUE ...?
DOMENICA, NON ...
?!?
JE CROIS QU'ILS ONT LEUR COMPTE, MONSIEUR. À PROPOS, JE REMERCIE MONSIEUR D'AVOIR CRIÉ POUR M'AVERTIR.
TYLER !... VOUS RENDEZ-VOUS COMPTE DE CE QUE VOUS VENEZ DE FAIRE ?!?
ABSOLUMENT, MONSIEUR. À L'ARMÉE, PENDANT MON SERVICE MILITAIRE, NOUS APPELIONS ÇA UN CARTON PLEIN.
6

TOUT EST PRÊT POUR APRÈS-DEMAIN, JACOPO ?
JUSQU'À LA DERNIÈRE GUIRLANDE, EXCELLENCE. ET LE TOTAL DES DONS ATTEINT 420 000 $
NOTAMMENT GRÂCE À UN CHÈQUE DE 100 000 $ DE MONSIEUR WINCH.
VOILÀ QUI EST FORT GÉNÉREUX DE SA PART. A-T-IL RÉPONDU À NOTRE INVITATION ?
NON, EXCELLENCE. ET POURTANT, IL EST À VENISE.
JE SAIS. CE QUI M'ÉTONNE, C'EST QU'IL Y SOIT ARRIVÉ AVANT L'EN-LÈVEMENT DE SON AMIE.
MAIS QU'IMPORTE. COMMENT VA LA JEUNE FILLE ?
ELLE EST EN PARFAITE SANTÉ, EXCELLENCE. GIAMBATISTA VEILLE SUR ELLE PERSONNELLEMENT CONFORMÉMENT À VOS INSTRUC-TIONS.
PERSONNE NE POURRA LES RETROUVER LÀ OÙ ILS SONT CACHÉS. UNE FOIS DE PLUS, L'OPÉRATION A ÉTÉ MAGISTRALEMENT MENÉE.
SAUF QUE CETTE FOIS, IL Y A EU MORT D'HOMME. CE CARLO JE NE SAIS COMMENT ABATTU PAR LA POLICE.
UN PETIT VOYOU RECRUTÉ POUR L'OCCASION, EXCELLENCE, SANS AUCUN LIEN AVEC NOUS. PUIS-JE DEMANDER À SON EXCELLENCE QUAND ELLE COMPTE RÉCLAMER LA RANÇON ?
M. BROWN S'INQUIÈTE POUR SA COMMISSION, C'EST ÇA ?
EH BIEN, TU LUI DIRAS D'ATTENDRE ENCORE UN PEU, LE TEMPS QUE LES CHOSES SE TASSENT ET QUE M. WINCH PERDE L'ESPOIR DE VOIR LA POLICE RETROUVER SON AMIE. DEPUIS COMBIEN DE TEMPS ES-TU À MON SERVICE, JACOPO ?
CELA VA FAIRE HUIT ANS, EXCELLENCE.
JE PEUX DONC T'HONORER D'UNE MARQUE DE CONFIANCE. REGARDE ...

UN PASSAGE SECRET !
NE JOUE PAS L'ÉTONNÉ, JACOPO. JE SUIS CERTAIN QUE TU EN CONNAISSAIS L'EXISTENCE. SUIS-MOI !
OÙ ... OÙ ALLONS-NOUS, EXCELLENCE ?
TU LE VERRAS BIEN. AS-TU EU DES NOUVELLES DE SILVESTRO, JACOPO ? IL AURAIT DÛ ÊTRE RENTRÉ DE NEW YORK, ...
...SA MISSION LÀ-BAS ÉTAIT TERMINÉE.
JE... NON, EXCELLENCE, AUCUNE NOUVELLE. SANS DOUTE A-T-IL ÉTÉ RETARDÉ.
C'EST POSSIBLE, EN EFFET.
AH, NOUS ARRIVONS...
LES OUBLIETTES !... JE... JE CROYAIS QUE C'ÉTAIT UNE LÉGENDE...
LES SEULES OUBLIETTES DE VENISE, CONSTRUITES À GRANDS FRAIS PAR MES ANCÊTRES SOUS LE LIT DU CANAL POUR SE DÉBARRASSER DES GÊNEURS ET DES TRAÎTRES...
DES TRAÎTRES COMME TOI, JACOPO !!
EXCELLENCE ?!?... POURQUOI ?!?
SILVESTRO EST MORT, JACOPO. JE L'AI APPRIS CE MATIN. IL A ÉTÉ TUÉ IL Y A TROIS JOURS AU SOMMET DU WINCH BUILDING.
C'EST WINCH, EXCELLENCE ! C'EST WINCH QUI A TUÉ SILVESTRO !
SI WINCH L'A TUÉ, IL LE PAIERA DE SA VIE. CE QUE JE VEUX SAVOIR, C'EST POURQUOI IL A ÉTÉ TUÉ. ET ÇA, JE SUIS CERTAIN QUE TU LE SAIS.
C'EST... C'EST FAUX, JE NE SAIS RIEN, JE VOUS LE JURE... PITIÉ, EXCELLENCE, LAISSEZ-MOI SORTIR...
UNE OU DEUX NUITS À TE BATTRE CONTRE LES RATS DANS L'OBSCURITÉ DE CE CACHOT HUMIDE TE FERONT RETROUVER LA MÉMOIRE, JACOPO. À PLUS TARD, INFIDÈLE SERVITEUR.
8

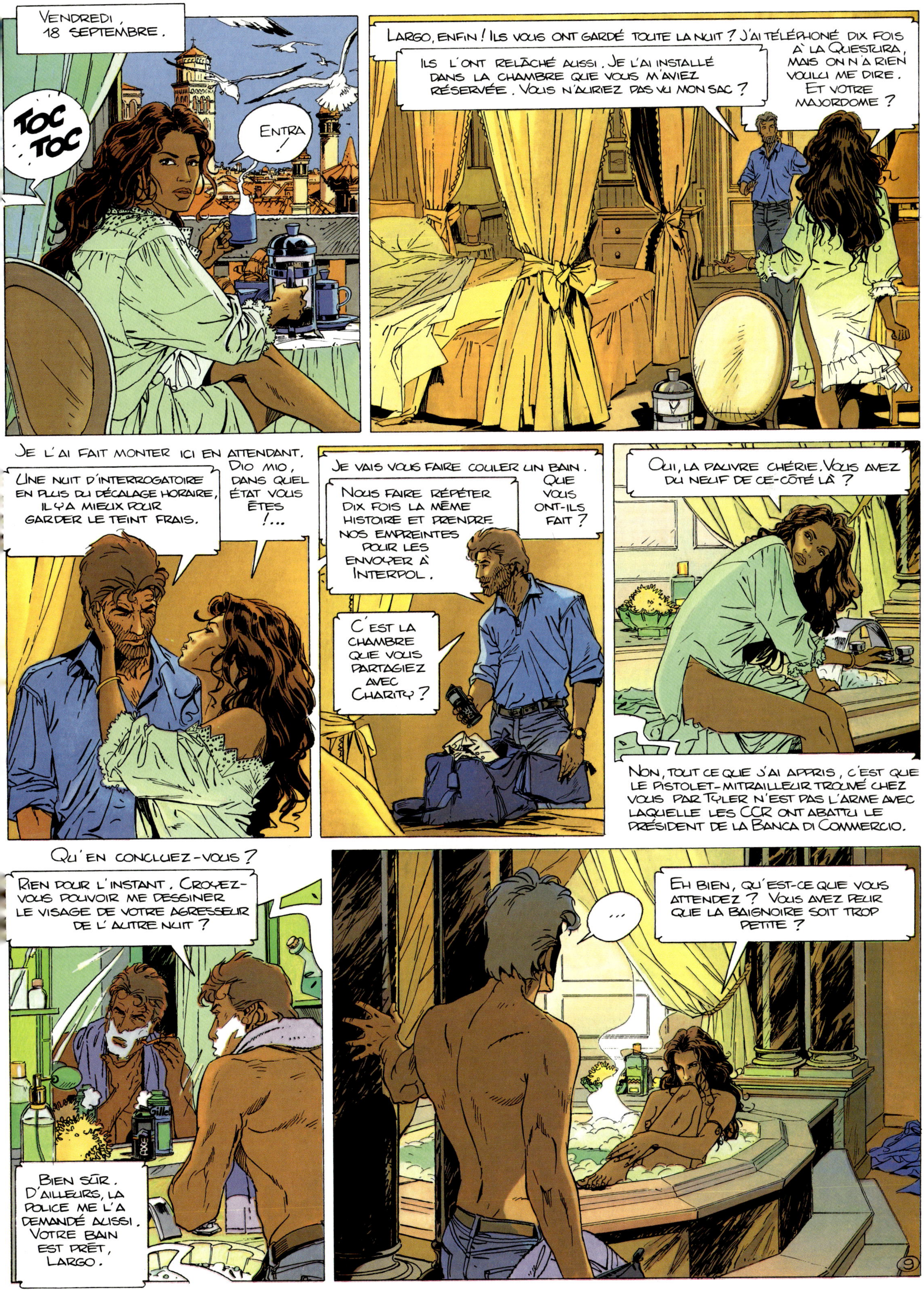
VENDREDI, 18 SEPTEMBRE.
TOC TOC
ENTRA !
LARGO, ENFIN ! ILS VOUS ONT GARDÉ TOUTE LA NUIT ? J'AI TÉLÉPHONÉ DIX FOIS À LA QUESTURA, MAIS ON N'A RIEN VOULU ME DIRE. ET VOTRE MAJORDOME ?
ILS L'ONT RELÂCHÉ AUSSI. JE L'AI INSTALLÉ DANS LA CHAMBRE QUE VOUS M'AVIEZ RÉSERVÉE. VOUS N'AURIEZ PAS VU MON SAC ?
JE L'AI FAIT MONTER ICI EN ATTENDANT. DIO MIO, DANS QUEL ÉTAT VOUS ÊTES !...
UNE NUIT D'INTERROGATOIRE EN PLUS DU DÉCALAGE HORAIRE, IL Y A MIEUX POUR GARDER LE TEINT FRAIS.
JE VAIS VOUS FAIRE COULER UN BAIN. QUE VOUS ONT-ILS FAIT ?
NOUS FAIRE RÉPÉTER DIX FOIS LA MÊME HISTOIRE ET PRENDRE NOS EMPREINTES POUR LES ENVOYER À INTERPOL.
C'EST LA CHAMBRE QUE VOUS PARTAGIEZ AVEC CHARITY ?
OUI, LA PAUVRE CHÉRIE. VOUS AVEZ DU NEUF DE CE-CÔTÉ LÀ ?
NON, TOUT CE QUE J'AI APPRIS, C'EST QUE LE PISTOLET-MITRAILLEUR TROUVÉ CHEZ VOUS PAR TYLER N'EST PAS L'ARME AVEC LAQUELLE LES CCR ONT ABATTU LE PRÉSIDENT DE LA BANCA DI COMMERCIO.
QU'EN CONCLUEZ-VOUS ?
RIEN POUR L'INSTANT. CROYEZ-VOUS POUVOIR ME DESSINER LE VISAGE DE VOTRE AGRESSEUR DE L'AUTRE NUIT ?
BIEN SÛR. D'AILLEURS, LA POLICE ME L'A DEMANDÉ AUSSI. VOTRE BAIN EST PRÊT, LARGO.
...
EH BIEN, QU'EST-CE QUE VOUS ATTENDEZ ? VOUS AVEZ PEUR QUE LA BAIGNOIRE SOIT TROP PETITE ?

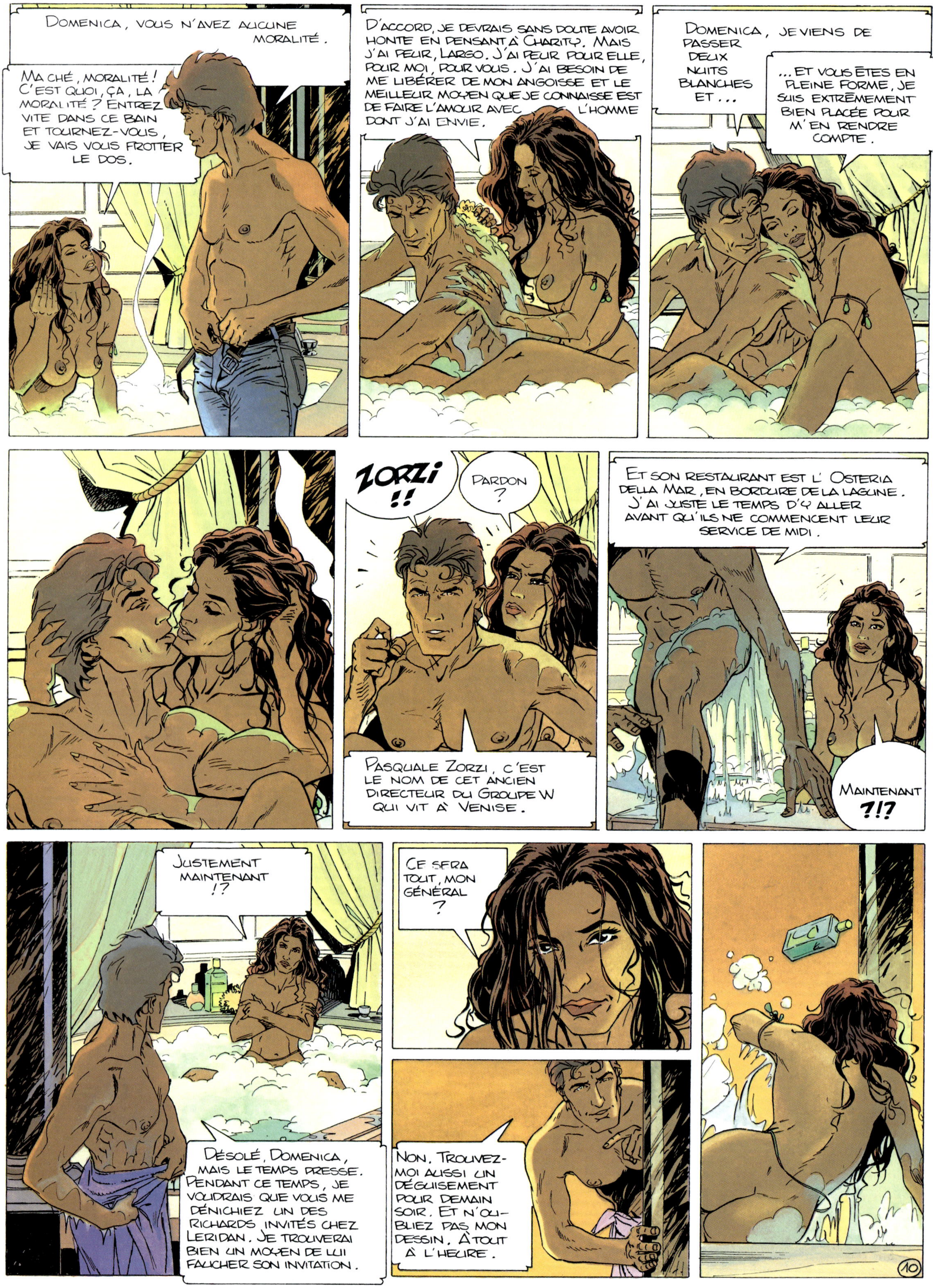
DOMENICA, VOUS N'AVEZ AUCUNE MORALITÉ.
MA CHÉ, MORALITÉ ! C'EST QUOI, ÇA, LA MORALITÉ ? ENTREZ VITE DANS CE BAIN ET TOURNEZ-VOUS, JE VAIS VOUS FROTTER LE DOS.
D'ACCORD, JE DEVRAIS SANS DOUTE AVOIR HONTE EN PENSANT À CHARITY. MAIS J'AI PEUR, LARGO. J'AI PEUR POUR ELLE, POUR MOI, POUR VOUS. J'AI BESOIN DE ME LIBÉRER DE MON ANGOISSE ET LE MEILLEUR MOYEN QUE JE CONNAISSE EST DE FAIRE L'AMOUR AVEC L'HOMME DONT J'AI ENVIE.
DOMENICA, JE VIENS DE PASSER DEUX NUITS BLANCHES ET...
...ET VOUS ÊTES EN PLEINE FORME, JE SUIS EXTRÊMEMENT BIEN PLACÉE POUR M'EN RENDRE COMPTE.
ZORZI !!
PARDON ?
PASQUALE ZORZI, C'EST LE NOM DE CET ANCIEN DIRECTEUR DU GROUPE W QUI VIT À VENISE.
ET SON RESTAURANT EST L'OSTERIA DELLA MAR, EN BORDURE DE LA LAGUNE. J'AI JUSTE LE TEMPS D'Y ALLER AVANT QU'ILS NE COMMENCENT LEUR SERVICE DE MIDI.
MAINTENANT ?!?
JUSTEMENT MAINTENANT !?
DÉSOLÉ, DOMENICA, MAIS LE TEMPS PRESSE. PENDANT CE TEMPS, JE VOUDRAIS QUE VOUS ME DÉNICHIEZ UN DES RICHARDS INVITÉS CHEZ LERIDAN. JE TROUVERAI BIEN UN MOYEN DE LUI FAUCHER SON INVITATION.
CE SERA TOUT, MON GÉNÉRAL ?
NON. TROUVEZ-MOI AUSSI UN DÉGUISEMENT POUR DEMAIN SOIR. ET N'OUBLIEZ PAS MON DESSIN. À TOUT À L'HEURE.

A della
VENDESI
!?
BONJOUR, M. L'AGENT. POURRIEZ-VOUS ME DIRE OÙ JE POURRAIS TROUVER LE PROPRIÉTAIRE DE CE RESTAURANT, PASQUALE ZORZI ?
ZORZI ? VOUS ARRIVEZ TROP TARD, SIGNOR, ILS VIENNENT DE PARTIR.
L'OSTERIA
VENDESI
VENDESI
ILS SONT LÀ-BAS, EN ROUTE POUR LE CIMETIÈRE DE SAN MICHELE.
AH... LE SIGNOR ZORZI A PERDU UN DE SES PROCHES ?
C'EST LUI QU'ON ENTERRE, SIGNOR. IL A ÉTÉ ASSASSINÉ IL Y A CINQ JOURS.
!?
ASSASSINÉ !? MAIS PAR QUI ?
ON NE SAIT PAS, SIGNOR. PAR DES INCONNUS. LE PAUVRE, ON L'A RETROUVÉ AVEC AU MOINS DIX BALLES DANS LE CORPS.
BON SANG, IL FAUT QUE JE TROUVE UN TAXI POUR ALLER À CE...
SI MONSIEUR VEUT BIEN ME PERMETTRE...
MISS LEONE M'A DIT OÙ MONSIEUR SE TROUVAIT ET J'AI PENSÉ POUVOIR ÊTRE UTILE À MONSIEUR EN LOUANT CE CANOT.
?
L'OSTERIA
VE 1508

ÉMOUVANT, N'EST-CE PAS ?
JE SUPPOSE QUE VOUS LE CONNAISSIEZ ? IL A TRAVAILLÉ POUR VOUS.
JE NE L'AI JAMAIS VU, COMMISSAIRE. ZORZI AVAIT QUITTÉ LE GROUPE AVANT MON ARRIVÉE.
ON M'A DIT QU'IL AVAIT ÉTÉ ASSASSINÉ PAR DES INCONNUS. CONNAÎT-ON LE MOTIF DE CE MEURTRE ?
C'EST PRÉCISÉMENT LA QUESTION QUE JE VOULAIS VOUS POSER, SIGNOR WINCH.
À MOI !?
À VOUS. ON A RETROUVÉ CE MALHEUREUX CRIBLÉ DE BALLES DE 44 DANS UNE AGENCE DE VOYAGES DE LA CALLE LARGA DONT IL AVAIT BRISÉ LA VITRINE, À CÔTÉ D'UN TÉLÉCOPIEUR QUI PORTAIT SES EMPREINTES. IL LAISSE UNE VEUVE ET DEUX ENFANTS.
JE COMPATIS À LEUR CHAGRIN, MAIS EN QUOI CELA ME CONCERNE-T-IL ?
C'EST LÀ QUE VOUS ALLEZ RIRE, SIGNOR WINCH. UNE PARTIE DES BALLES TROUVÉES DANS LE CORPS DE ZORZI PROVENAIT DES ARMES DES DEUX INDIVIDUS QUE VOTRE MAJORDOME A ABATTUS HIER SOIR. TORDANT, N'EST-CE PAS ?
AJOUTONS, POUR CORSER LA CHOSE, QUE VOS DEUX TRUCIDÉS AVAIENT DES PASSEPORTS AMÉRICAINS MAIS NE SONT PAS FICHÉS À INTERPOL. QUE PENSEZ-VOUS DE TOUT ÇA, SIGNOR WINCH ?
RIEN.
JE N'AI PAS LA MOINDRE IDÉE DE CE QUE TOUT CELA SIGNIFIE, COMMISSAIRE.
ET MOI, JE PENSE AU CONTRAIRE QUE VOUS EN SAVEZ PLUS QUE VOUS NE LE DITES. JE VOUS ATTENDS DONC DANS MON BUREAU CET APRÈS-MIDI À 15 H EN COMPAGNIE DE VOTRE DOMESTIQUE FLINGUEUR D'ÉLITE. BON DÉJEUNER, SIGNOR WINCH.
187
12

OÙ ALLONS-NOUS, MONSIEUR ?
CE SERAIT DONC ZORZI QUI M'AURAIT ENVOYÉ CE FAX... MAIS POURQUOI A-T-IL ÉTÉ ABATTU PAR DES AMÉRICAINS ?...
MONSIEUR ?...
« INVRAISEMBLABLE VENISE... TU ES NÉE DES CAPRICES D'UN RÊVE ET DES JEUX D'UNE IMAGINATION ORIENTALE. »
HEIN ?... AH, OUI, EXCUSEZ-MOI, TYLER. NOUS RENTRONS À L'HÔTEL, MAIS EN CONTOURNANT DORSODURO PAR LE CANAL DELLA GIUDECCA. UN PEU DE TOURISME NOUS CHANGERA LES IDÉES.
MONSIEUR A BIEN RAISON.
CHATEAUBRIAND, MONSIEUR. LES MÉMOIRES D'OUTRE-TOMBE.
TYLER, VOUS ÊTES UN CAS...
VOUS ME SAUVEZ DEUX FOIS LA VIE, VOUS LIQUIDEZ TROIS PERSONNES SANS SOURCILLER ET VOUS RÉCITEZ DU CHATEAUBRIAND. TOUT COMPTE FAIT, JE CROIS QUE JE VAIS VOUS GARDER.
MERCI, MONSIEUR.
VOTRE CHARMANTE MISS PENNYWINKLE VOUS EN SAURA CERTAINEMENT GRÉ...
!?

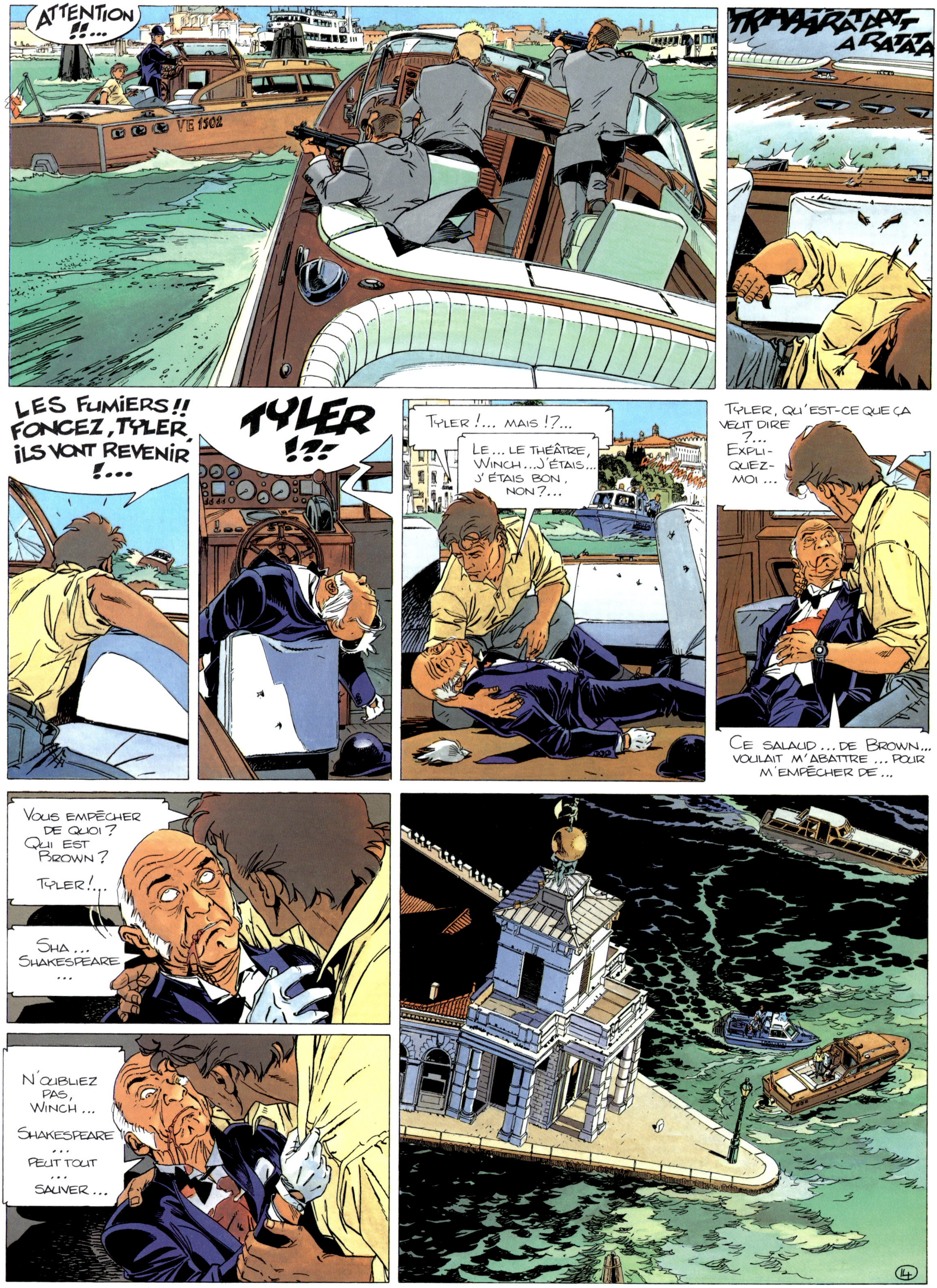
ATTENTION !!...
ARATATA
LES FUMIERS !! FONCEZ, TYLER, ILS VONT REVENIR !...
TYLER !?!
TYLER !... MAIS !?...
LE... LE THÉÂTRE, WINCH... J'ÉTAIS... J'ÉTAIS BON, NON ?...
TYLER, QU'EST-CE QUE ÇA VEUT DIRE ?... EXPLI- QUEZ- MOI...
CE SALAUD... DE BROWN... VOULAIT M'ABATTRE... POUR M'EMPÊCHER DE...
VOUS EMPÊCHER DE QUOI ? QUI EST BROWN ?
TYLER !...
SHA... SHAKESPEARE ...
N'OUBLIEZ PAS, WINCH...
SHAKESPEARE ... PEUT TOUT ... SAUVER...
14

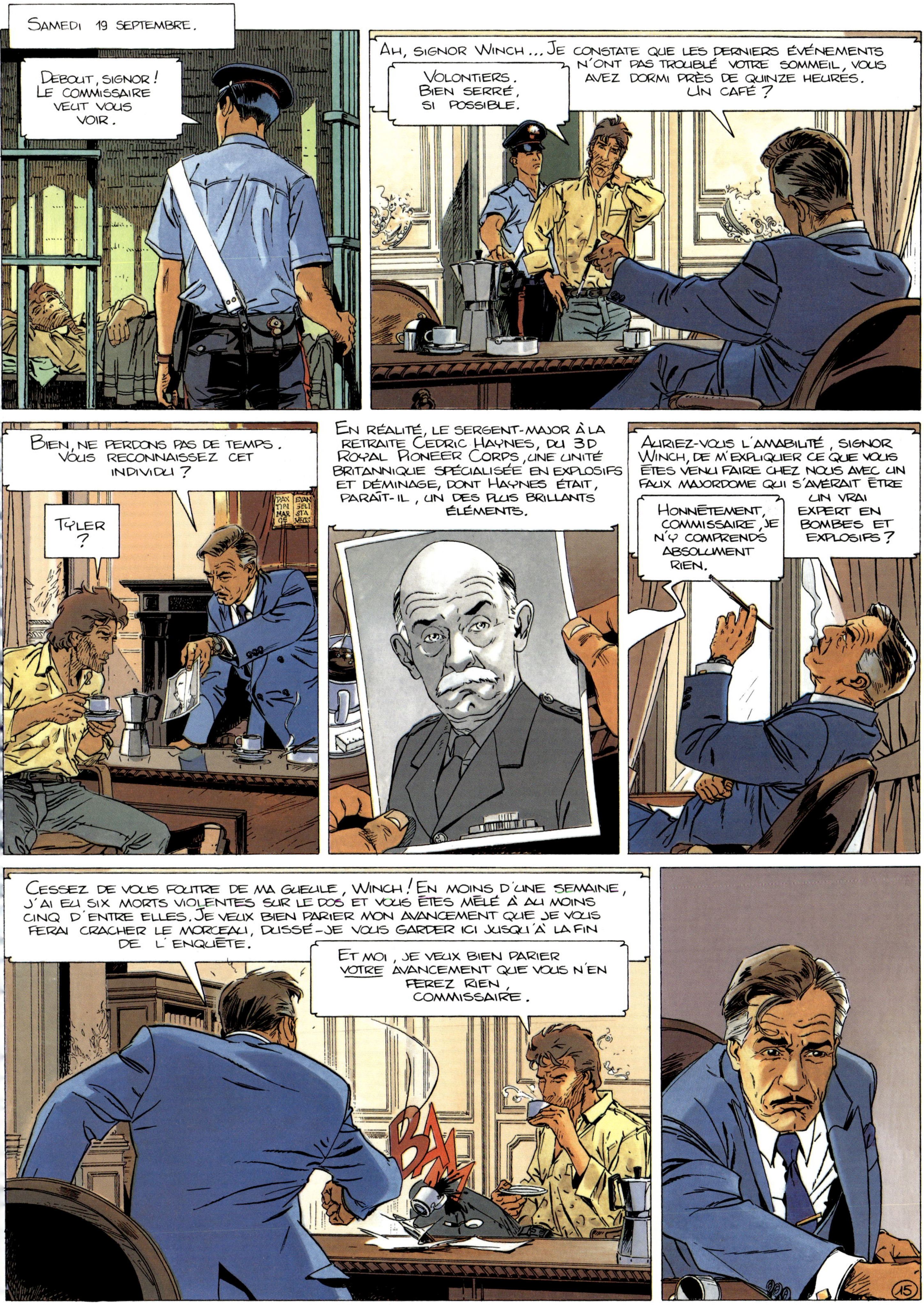

SAMEDI 19 SEPTEMBRE.
DEBOUT, SIGNOR ! LE COMMISSAIRE VEUT VOUS VOIR.
AH, SIGNOR WINCH... JE CONSTATE QUE LES DERNIERS ÉVÉNEMENTS N'ONT PAS TROUBLÉ VOTRE SOMMEIL, VOUS AVEZ DORMI PRÈS DE QUINZE HEURES. UN CAFÉ ?
VOLONTIERS. BIEN SERRÉ, SI POSSIBLE.
BIEN, NE PERDONS PAS DE TEMPS. VOUS RECONNAISSEZ CET INDIVIDU ?
TYLER ?
EN RÉALITÉ, LE SERGENT-MAJOR À LA RETRAITE CEDRIC HAYNES, DU 3D ROYAL PIONEER CORPS, UNE UNITÉ BRITANNIQUE SPÉCIALISÉE EN EXPLOSIFS ET DÉMINAGE, DONT HAYNES ÉTAIT, PARAÎT-IL, UN DES PLUS BRILLANTS ÉLÉMENTS.
AURIEZ-VOUS L'AMABILITÉ, SIGNOR WINCH, DE M'EXPLIQUER CE QUE VOUS ÊTES VENU FAIRE CHEZ NOUS AVEC UN FAUX MAJORDOME QUI S'AVÉRAIT ÊTRE UN VRAI EXPERT EN BOMBES ET EXPLOSIFS ?
HONNÊTEMENT, COMMISSAIRE, JE N'Y COMPRENDS ABSOLUMENT RIEN.
CESSEZ DE VOUS FOUTRE DE MA GUEULE, WINCH ! EN MOINS D'UNE SEMAINE, J'AI EU SIX MORTS VIOLENTES SUR LE DOS ET VOUS ÊTES MÊLÉ À AU MOINS CINQ D'ENTRE ELLES. JE VEUX BIEN PARIER MON AVANCEMENT QUE JE VOUS FERAI CRACHER LE MORCEAU, DUSSÉ-JE VOUS GARDER ICI JUSQU'À LA FIN DE L'ENQUÊTE.
ET MOI, JE VEUX BIEN PARIER VOTRE AVANCEMENT QUE VOUS N'EN FEREZ RIEN, COMMISSAIRE.
BAM
15

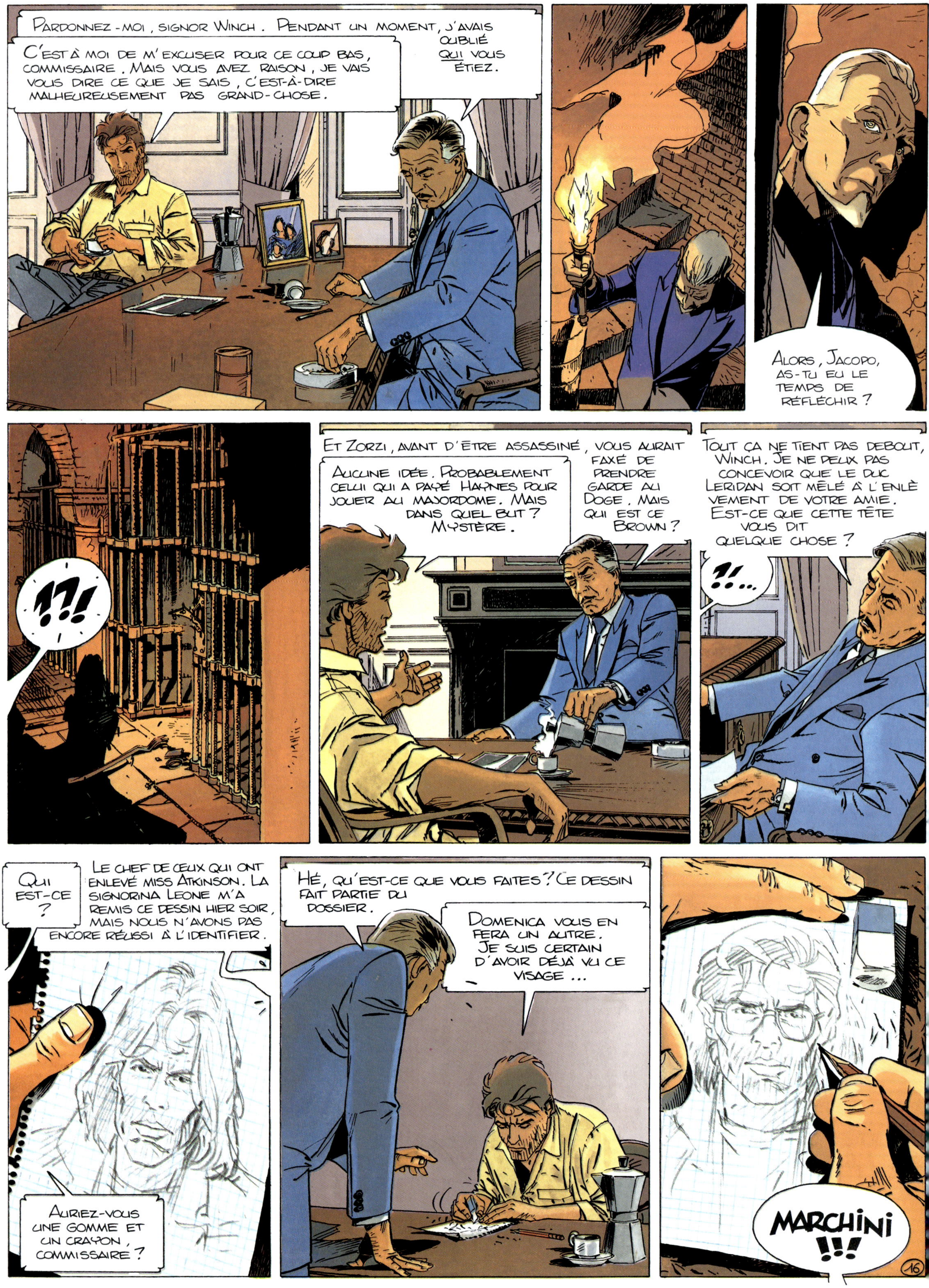

Pardonnez-moi, signor Winch. Pendant un moment, j'avais oublié qui vous étiez.
C'est à moi de m'excuser pour ce coup bas, commissaire. Mais vous avez raison, je vais vous dire ce que je sais, c'est-à-dire malheureusement pas grand-chose.
Alors, Jacopo, as-tu eu le temps de réfléchir ?
!?!
Et Zorzi, avant d'être assassiné, vous aurait faxé de prendre garde au Doge. Mais qui est ce Brown ?
Aucune idée. Probablement celui qui a payé Haynes pour jouer au majordome. Mais dans quel but ? Mystère.
Tout ça ne tient pas debout, Winch. Je ne peux pas concevoir que le duc Leridan soit mêlé à l'enlèvement de votre amie. Est-ce que cette tête vous dit quelque chose ?
?!...
Qui est-ce ?
Le chef de ceux qui ont enlevé miss Atkinson. La signorina Leone m'a remis ce dessin hier soir, mais nous n'avons pas encore réussi à l'identifier.
Auriez-vous une gomme et un crayon, commissaire ?
Hé, qu'est-ce que vous faites ? Ce dessin fait partie du dossier.
Domenica vous en fera un autre. Je suis certain d'avoir déjà vu ce visage...
MARCHINI !!!
16

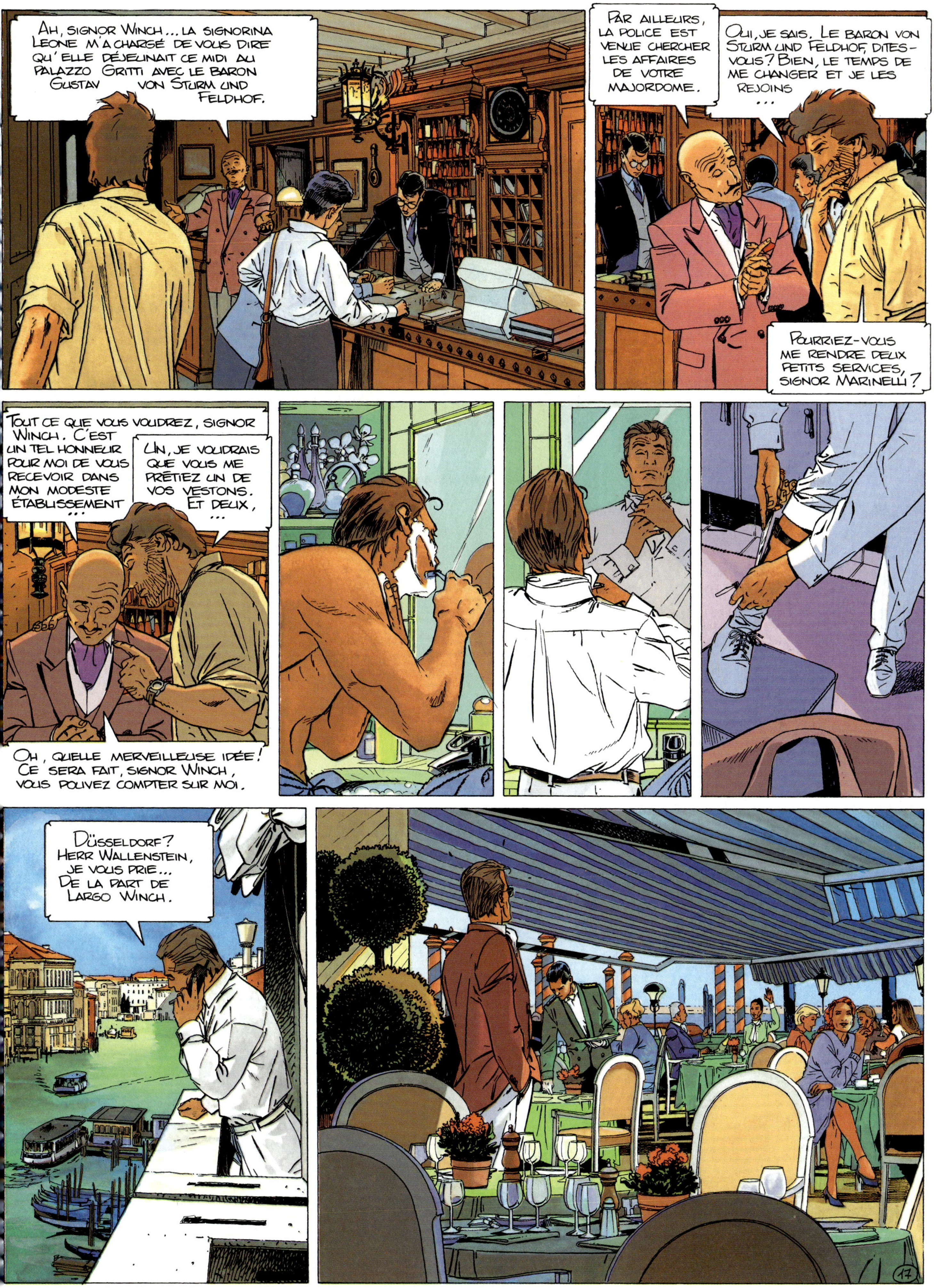

AH, SIGNOR WINCH... LA SIGNORINA LEONE M'A CHARGÉ DE VOUS DIRE QU'ELLE DÉJEUNAIT CE MIDI AU PALAZZO GRITTI AVEC LE BARON GUSTAV VON STURM UND FELDHOF.
PAR AILLEURS, LA POLICE EST VENUE CHERCHER LES AFFAIRES DE VOTRE MAJORDOME.
OUI, JE SAIS. LE BARON VON STURM UND FELDHOF, DITES-VOUS? BIEN, LE TEMPS DE ME CHANGER ET JE LES REJOINS...
POURRIEZ-VOUS ME RENDRE DEUX PETITS SERVICES, SIGNOR MARINELLI?
TOUT CE QUE VOUS VOUDREZ, SIGNOR WINCH. C'EST UN TEL HONNEUR POUR MOI DE VOUS RECEVOIR DANS MON MODESTE ÉTABLISSEMENT...
UN, JE VOUDRAIS QUE VOUS ME PRÊTIEZ UN DE VOS VESTONS. ET DEUX, ...
OH, QUELLE MERVEILLEUSE IDÉE! CE SERA FAIT, SIGNOR WINCH, VOUS POUVEZ COMPTER SUR MOI.
DÜSSELDORF? HERR WALLENSTEIN, JE VOUS PRIE... DE LA PART DE LARGO WINCH.
17

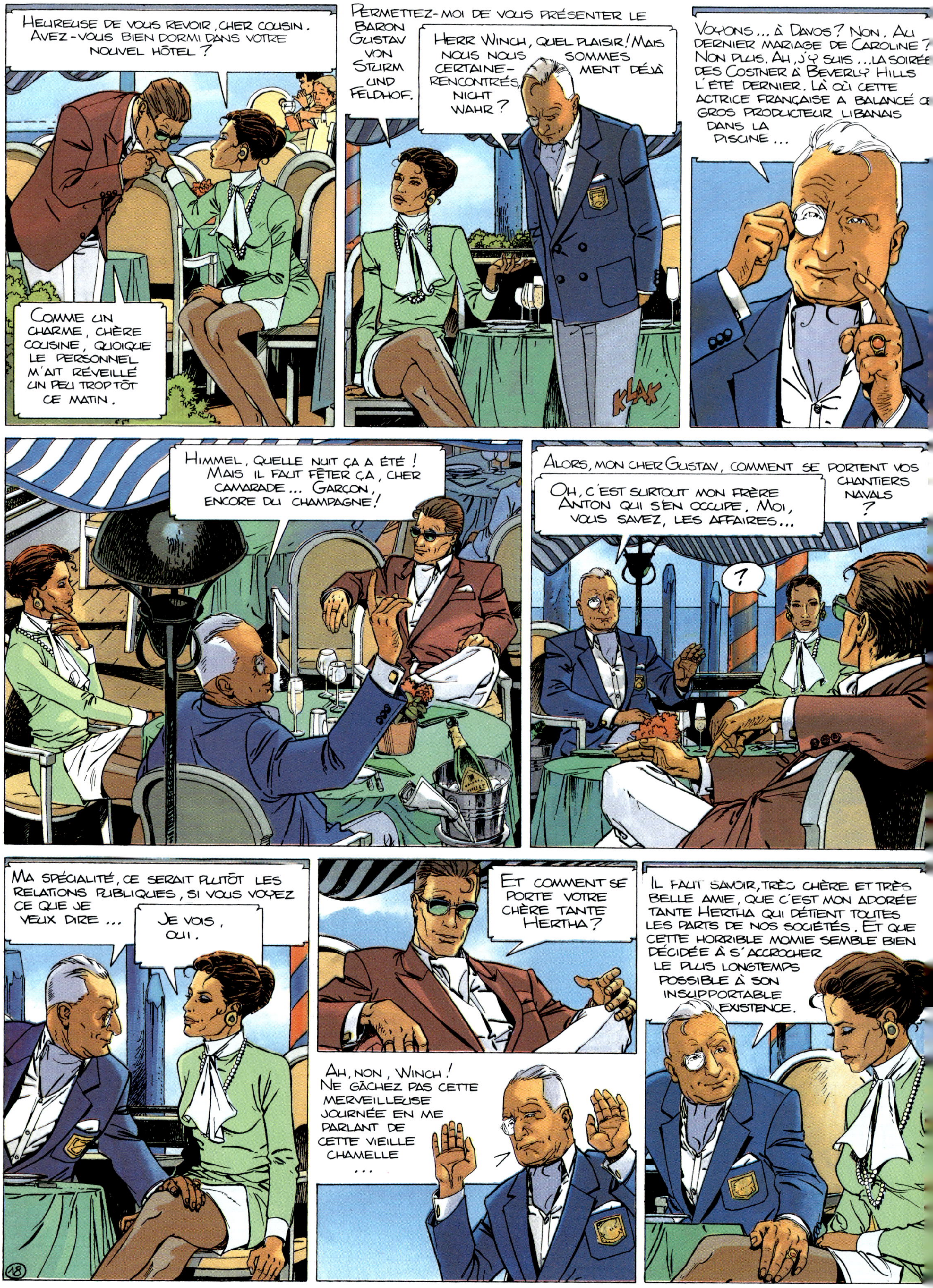
HEUREUSE DE VOUS REVOIR, CHER COUSIN. AVEZ-VOUS BIEN DORMI DANS VOTRE NOUVEL HÔTEL ?
COMME UN CHARME, CHÈRE COUSINE, QUOIQUE LE PERSONNEL M'AIT RÉVEILLÉ UN PEU TROP TÔT CE MATIN.
PERMETTEZ-MOI DE VOUS PRÉSENTER LE BARON GUSTAV VON STURM UND FELDHOF.
HERR WINCH, QUEL PLAISIR ! MAIS NOUS NOUS SOMMES CERTAINEMENT DÉJÀ RENCONTRÉS, NICHT WAHR ?
KLAK
VOYONS... À DAVOS ? NON. AU DERNIER MARIAGE DE CAROLINE ? NON PLUS. AH, J'Y SUIS... LA SOIRÉE DES COSTNER À BEVERLY HILLS L'ÉTÉ DERNIER. LÀ OÙ CETTE ACTRICE FRANÇAISE A BALANCÉ CE GROS PRODUCTEUR LIBANAIS DANS LA PISCINE...
HIMMEL, QUELLE NUIT ÇA A ÉTÉ ! MAIS IL FAUT FÊTER ÇA, CHER CAMARADE... GARÇON, ENCORE DU CHAMPAGNE !
ALORS, MON CHER GUSTAV, COMMENT SE PORTENT VOS CHANTIERS NAVALS ?
OH, C'EST SURTOUT MON FRÈRE ANTON QUI S'EN OCCUPE. MOI, VOUS SAVEZ, LES AFFAIRES...
?
MA SPÉCIALITÉ, CE SERAIT PLUTÔT LES RELATIONS PUBLIQUES, SI VOUS VOYEZ CE QUE JE VEUX DIRE...
JE VOIS, OUI.
18
ET COMMENT SE PORTE VOTRE CHÈRE TANTE HERTHA ?
AH, NON, WINCH ! NE GÂCHEZ PAS CETTE MERVEILLEUSE JOURNÉE EN ME PARLANT DE CETTE VIEILLE CHAMELLE...
IL FAUT SAVOIR, TRÈS CHÈRE ET TRÈS BELLE AMIE, QUE C'EST MON ADORÉE TANTE HERTHA QUI DÉTIENT TOUTES LES PARTS DE NOS SOCIÉTÉS. ET QUE CETTE HORRIBLE MOMIE SEMBLE BIEN DÉCIDÉE À S'ACCROCHER LE PLUS LONGTEMPS POSSIBLE À SON INSUPPORTABLE EXISTENCE.

VOUS NE SEMBLEZ PAS L'AIMER BEAUCOUP ?
L'AIMER ? ACH... JE TOMBERAIS PLUS FACILEMENT AMOUREUX D'UN CROCODILE QUE DE TANTE HERTHA. À 78 ANS, JAMAIS MARIÉE ET SÛREMENT ENCORE VIERGE, ELLE VIT SEULE COMME UNE ARAIGNÉE DANS SON SINISTRE CHÂTEAU DE LÜNEBURG.
NOS SOCIÉTÉS LUI RAPPORTENT DES MILLIONS, MAIS ELLE PRÉFÈRERAIT VOIR SA BARAQUE S'ÉCROULER SUR SON CRÂNE CHAUVE PLUTÔT QUE DE TOUCHER À SES PRÉCIEUX MARKS. TANDIS QUE MOI... PROSIT !
TANDIS QUE VOUS GUSTAV ...?
RIEN, PAS UN PFENNIG. DEPUIS LA MORT DE NOTRE PÈRE, LA VIEILLE TAUPE A TOUT LE PAQUET. ELLE NOUS VERSE UNE MISÉRABLE PETITE PENSION, À ANTON ET À MOI, MAIS EN NOUS OBLIGEANT À TRAVAILLER DANS SES CHANTIERS. TRAVAILLER ! MOI, UN VON STURM UND FELDHOF VOUS VOUS RENDEZ COMPTE !?
QUELLE HORREUR ! MON PAUVRE AMI, COMME JE VOUS PLAINS !
MERCI, FRAULEIN LEONE. MON CHER WINCH, VOTRE COUSINE EST MERVEILLEUSE. UNE SENSIBILITÉ, UNE INTELLIGENCE...
C'EST TOUT À FAIT MON AVIS.
GRITTI PALACE HOTEL
MAIS ASSEZ PARLÉ DE MA TANTE, ÇA RÉVEILLE MON ULCÈRE. JE SUPPOSE QUE VOUS ALLEZ CE SOIR AU BAL DU VIEUX LERIDAN ?
EN EFFET. CE SERA LA PREMIÈRE FOIS !
ET MOI LA QUATRIÈME. JE PEUX VOUS ASSURER QUE VOUS NE VOUS ENNUIEREZ PAS. À VENISE, QUAND ON EST MASQUÉ, TOUT EST PERMIS, HA ! HA !... PROSIT !
À QUOI RESSEMBLE-T-IL, CE FAMEUX DOGE ?
OH, C'EST UN PERSONNAGE. IL N'A JAMAIS MIS LES PIEDS HORS DE VENISE ET VIT ENCORE COMME AU XVe SIÈCLE. C'EST TOUT JUSTE S'IL A INSTALLÉ L'ÉLECTRICITÉ DANS SON PALAIS. GARÇON, UNE AUTRE BOUTEILLE, BITTE !
CE VIEUX FOU S'EST MIS EN TÊTE DE RETAPER CETTE VILLE CROULANTE. SON DERNIER PROJET EST UN TRUC ASSEZ AHURISSANT POUR RALENTIR LA POLLUTION DES CANAUX PAR UN SYSTÈME DE FILTRES ÉLECTROLYTIQUES. DES COURANTS DE PROTONS IONISÉS QUI PRÉCIPITERAIENT LES MATIÈRES POLLUANTES, OU QUELQUE CHOSE COMME ÇA.
19

FICHTRE ! C'EST UNE ENTREPRISE ÉNORME, NON ?
UNE BONNE CINQUANTAINE DE MILLIONS DE DOLLARS POUR COMMENCER. JE VOUS L'AI DIT, CE TYPE EST FOU. MAIS POUR LES VÉNITIENS, LERIDAN EST UN DIEU. ET IL FAUT RECONNAÎTRE QU'IL A DU STYLE.
ET IL OBTIENT DE TELLES SOMMES UNIQUEMENT PAR SES APPELS DE FONDS ?
JE LE SUPPOSE. QUOIQUE CE NE SOIT PAS CHEZ TANTE HERTHA QU'IL DOIT EN TROUVER BEAUCOUP. AUTANT ESSAYER D'ATTENDRIR UN USURIER ARMÉNIEN, HA ! HA ! ... PROSIT !
DU STYLE ET DU PANACHE ; VOUS CONNAISSEZ L'HISTOIRE DE SES FILS ?
SES FILS ? JE CROYAIS QU'IL N'ÉTAIT PAS MARIÉ.
IL NE L'A JAMAIS ÉTÉ, LIEBE DOMENICA. MAIS COMME TOUT HOMME BIEN NÉ, IL VOULAIT DES DESCENDANTS.
ENFIN, CE N'EST QU'UNE LÉGENDE. ON NE LES A JAMAIS VUS, CES GARÇONS. MAIS L'HISTOIRE EST AMUSANTE.
NOUS VOUS ÉCOUTONS, CHER GUSTAV.
ON RACONTE QU'IL Y A UNE TRENTAINE D'ANNÉES, LE DUC A ENVOYÉ SES GENS BATTRE LA CAMPAGNE JUSQU'À CE QU'ILS LUI RAMÈNENT TROIS BELLES GARCES ...
TROIS SOEURS DE 16, 17 ET 18 ANS, AVEC DES FESSES ET DES SEINS COMME ÇA ... OH, PARDON FRAULEIN ! BREF, TROIS APPÉTISSANTES POULICHES ITALIENNES, PAUVRES ET VIERGES DE SURCROÎT, CE QUI NE GÂTAIT RIEN.
LERIDAN LEUR A PROPOSÉ DE LEUR FAIRE À TOUTES LES TROIS UN ENFANT, QU'ELLES RETOURNERAIENT ÉLEVER DANS LEUR CAMPAGNE EN ÉCHANGE D'UNE PENSION À VIE. IL LES A ALORS HONORÉES TOUTE UNE NUIT, À TOUR DE RÔLE. ET LE LENDEMAIN LES TROIS SOEURS SONT RENTRÉES CHEZ ELLES AVEC CHACUNE UN PETIT DUC DANS LE VENTRE.
C'EST UNE BELLE HISTOIRE.
UNE LÉGENDE, TRÈS CHÈRE, RIEN DE PLUS. QU'EST-CE QUE C'EST, MON AMI ?
UN TÉLÉGRAMME, MONSIEUR LE BARON.
DONNERWETTER !!!
20

GUSTAV, QUE SE PASSE-T-IL ?
DES MAUVAISES NOUVELLES ?
MAUVAISES !? HIMMELGOTT ! C'EST LE PLUS BEAU JOUR DE MA VIE ! TENEZ, LISEZ ...
« TANTE HERTHA DÉCÉDÉE CETTE NUIT. RENTRE IMMÉDIATEMENT. ANTON. »
YAOUU !...
HEILI, HEILO... ELLE A FINI PAR CREVER, LA VIEILLE SALOPE ! LE TEMPS DE FAIRE MES VALISES ET JE SAUTE DANS LE PREMIER AVION POUR HAMBOURG.
ET LE BAL DU DUC LERIDAN ?
MEIN GOTT, C'EST VRAI ! LE VIEUX DOGE NE ME PARDONNERA JAMAIS, IL ME METTRA SUR SA LISTE NOIRE.
J'AI UNE IDÉE. DONNEZ-MOI VOTRE INVITATION ET JE LA GLISSERAI AU RÉCEPTIONNAIRE DE L'ENTRÉE EN MÊME TEMPS QUE LA MIENNE.
COMME TOUT LE MONDE SERA MASQUÉ, LERIDAN N'Y VERRA QUE DU FEU.
WUNDERBAR ! WINCH, CHER CAMARADE, VOUS ÊTES GÉNIAL ! TENEZ LA VOICI. VOUS, AU MOINS, VOUS ÊTES UN VÉRITABLE AMI.
VOUS VOULEZ QUE JE VOUS DISE, LARGO ? NON SEULEMENT VOUS ÊTES UN BEAU SALAUD, MAIS EN PLUS VOUS AVEZ UNE CHANCE INFERNALE. SANS CE TÉLÉGRAMME PROVIDENTIEL...
MA SEULE CHANCE EST DE VOUS AVOIR AVEC MOI, DOMENICA.
SI JE N'AVAIS PAS PASSÉ QUELQUES COUPS DE FIL EN ALLEMAGNE POUR ME RENSEIGNER SUR LES VON STURM UND MACHIN, IL N'Y AURAIT JAMAIS EU DE TÉLÉGRAMME.
21

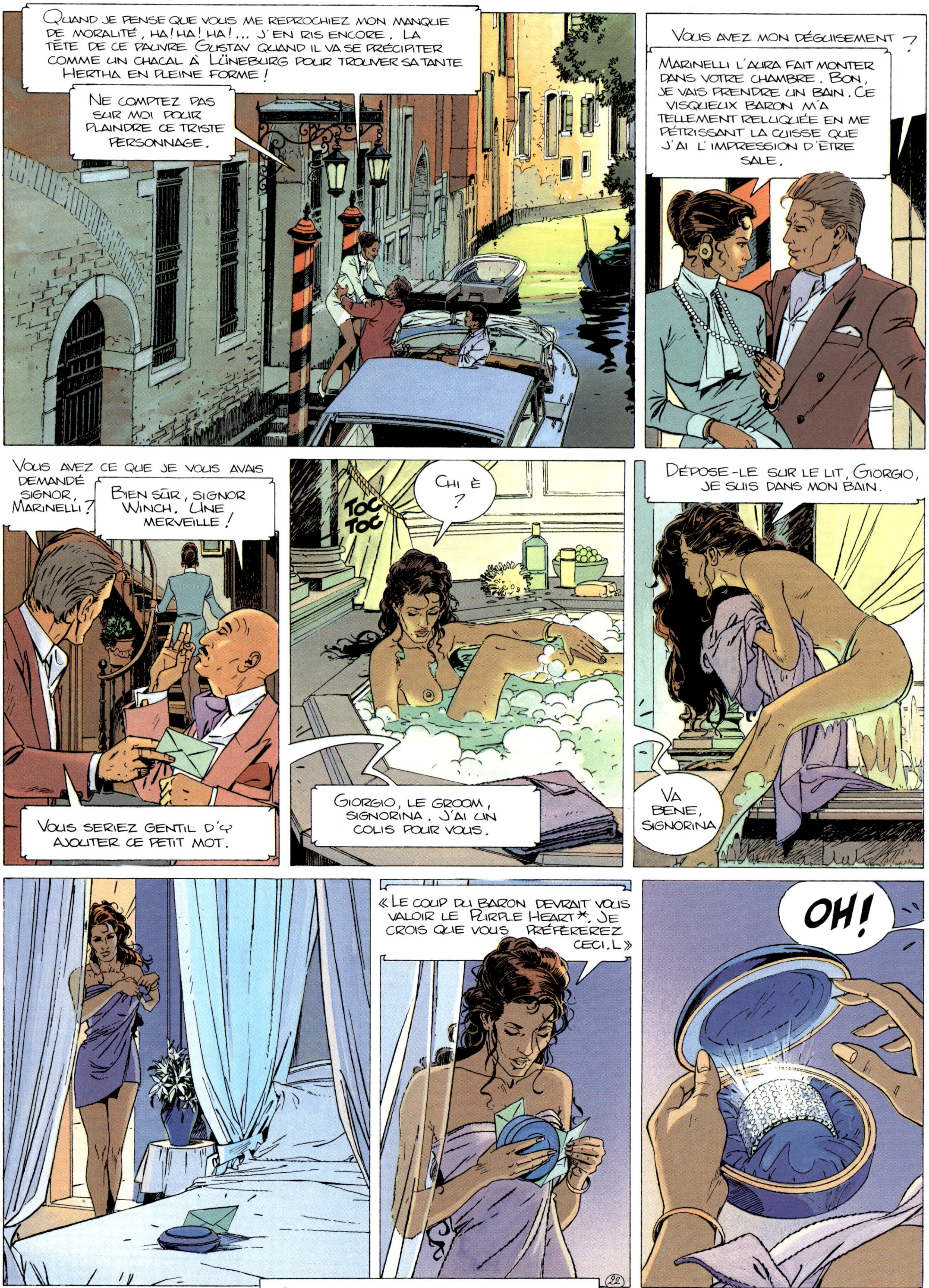

*DÉCORATION MILITAIRE AMÉRICAINE POUR ACTE DE BRAVOURE EXCEPTIONNEL.

TOC TOC
ENTREZ, C'EST OUVERT !
DOMENICA ! QU'EST-CE QUE C'EST QUE CETTE TENUE ? VOUS N'AVEZ TOUT DE MÊME PAS L'INTENTION DE M'ACCOMPAGNER À CE BAL !?
BIEN SÛR QUE SI.
NE FERAIS-JE PAS UNE PARFAITE BARONNE VON STURM UND FELDHOF ?
OH, LARGO... CE COLLIER EST MAGNIFIQUE ! VOUS ÊTES FOU !
MAIS NON. RICHE, TOUT BÊTEMENT. IL VOUS PLAÎT ?
JE L'ADORE ...
T VOUS AUSSI, JE VOUS ADORE, SURTOUT DANS ETTE TENUE. VOUS RESSEMBLEZ À MON ANTASME, LE CONDOTTIERE BARTOLOMEO OLLEONI. CETTE NUIT, TOUTES LES FEMMES SE ROULERONT À VOS PIEDS...
... AVANT DE CREVER DE JALOUSIE DEVANT MON COLLIER. VOUS PERMETTEZ QUE J'UTILISE VOTRE SALLE DE BAINS UN INSTANT ?
BIEN SÛR. MAIS JE NE VEUX PAS QUE VOUS VENIEZ, DOMENICA. ÇA POURRAIT ÊTRE DANGEREUX.
TOUJOURS VOTRE IDÉE RIDICULE DE VOIR CE BRAVE VIEUX DUC MÊLÉ À L'ENLÈVEMENT DE CHARITY ?
HUMMM ...
LE SEUL DANGER QUE VOUS COURREZ CE SOIR, MON CHER, SERA CELUI DE PERDRE VOTRE PRÉCIEUSE VERTU. ET MOI, J'AI ENVIE DE VOIR COMMENT S'AMUSENT LES MILLIARDAIRES LORSQU'ILS AVANCENT MASQUÉS.
DITES, LARGO ...
OUI ?
SI VOUS N'AVEZ PLUS D'AUTRE RENDEZ-VOUS URGENT CET APRÈS-MIDI ...
... NOUS POURRIONS PEUT-ÊTRE REPRENDRE NOTRE DERNIÈRE CONVERSATION ...
... LÀ OÙ NOUS L'AVIONS LAISSÉE ?
23

RABINIERI
261
CARABINIERI
OÙ EST-IL, CE FAMEUX DOGE? PERSONNE NE NOUS A ACCUEILLIS À L'ENTRÉE.
PROBABLEMENT DISSIMULÉ SOUS UN MASQUE COMME SES INVITÉS. CELA FAIT PARTIE DU JEU.
JE VAIS ALLER FOUINER UN PEU AUX ÉTAGES.
TROP TÔT. ATTENDS QUE LA FOULE S'ÉCHAUFFE ET SE DISPERSE DANS LE PALAIS. COMMENÇONS PLUTÔT PAR DANSER.
JE NE SUIS PAS VENU POUR M'AMUSER, DOMENICA. ET JE N'AIME PAS ATTENDRE. TU TROUVERAS BIEN UN ARMATEUR GREC OU UN DIAMANTAIRE ANVERSOIS POUR SE TRÉMOUSSER AVEC TOI.
MUFLE! JE TE PRÉVIENS QUE SI TU N'ES PAS DE RETOUR DANS UN QUART D'HEURE, JE PARS AVEC LE PREMIER CHEIKH ARABE VENU.

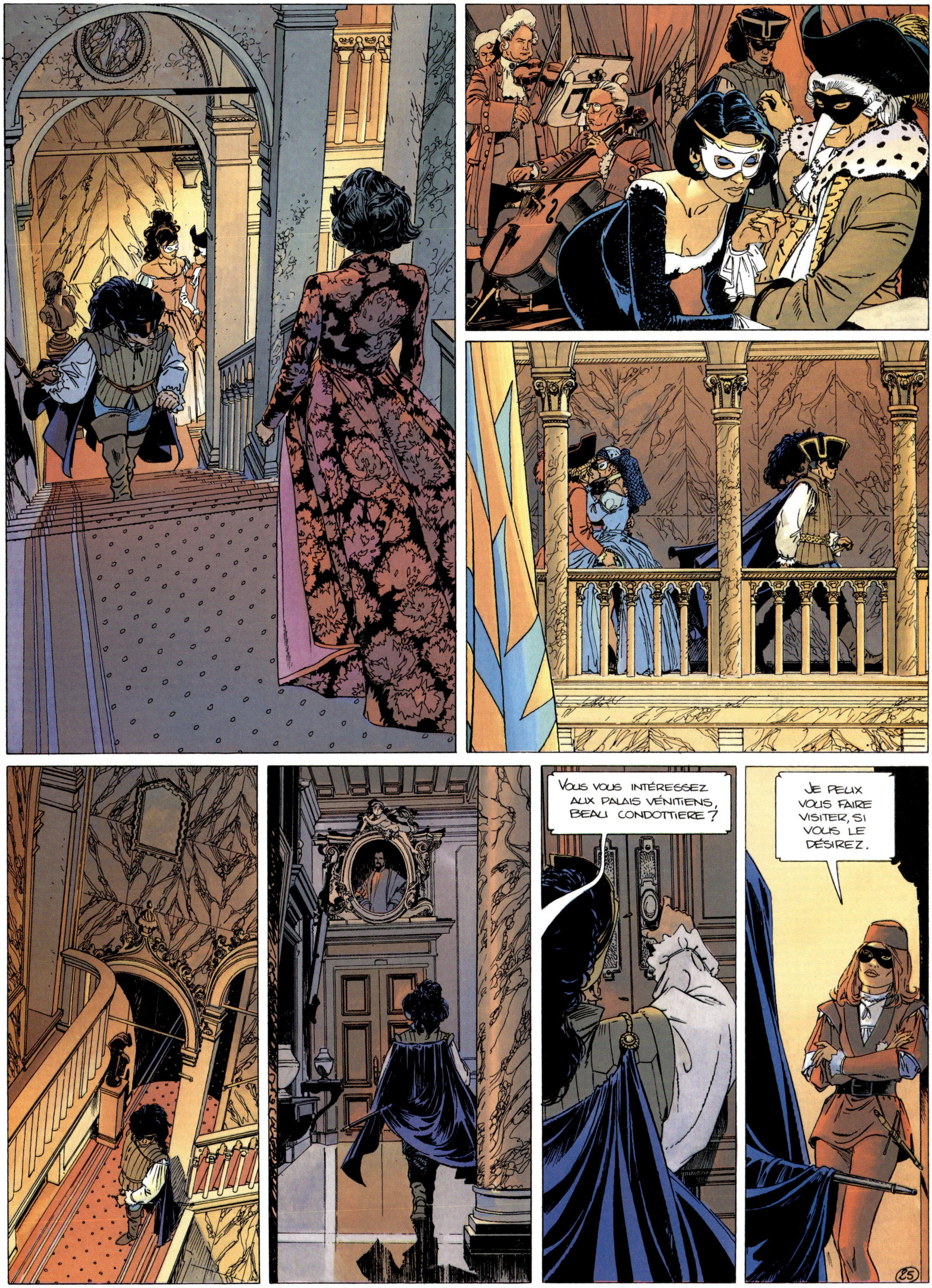
VOUS VOUS INTÉRESSEZ AUX PALAIS VÉNITIENS, BEAU CONDOTTIERE ?
JE PEUX VOUS FAIRE VISITER, SI VOUS LE DÉSIREZ.
25

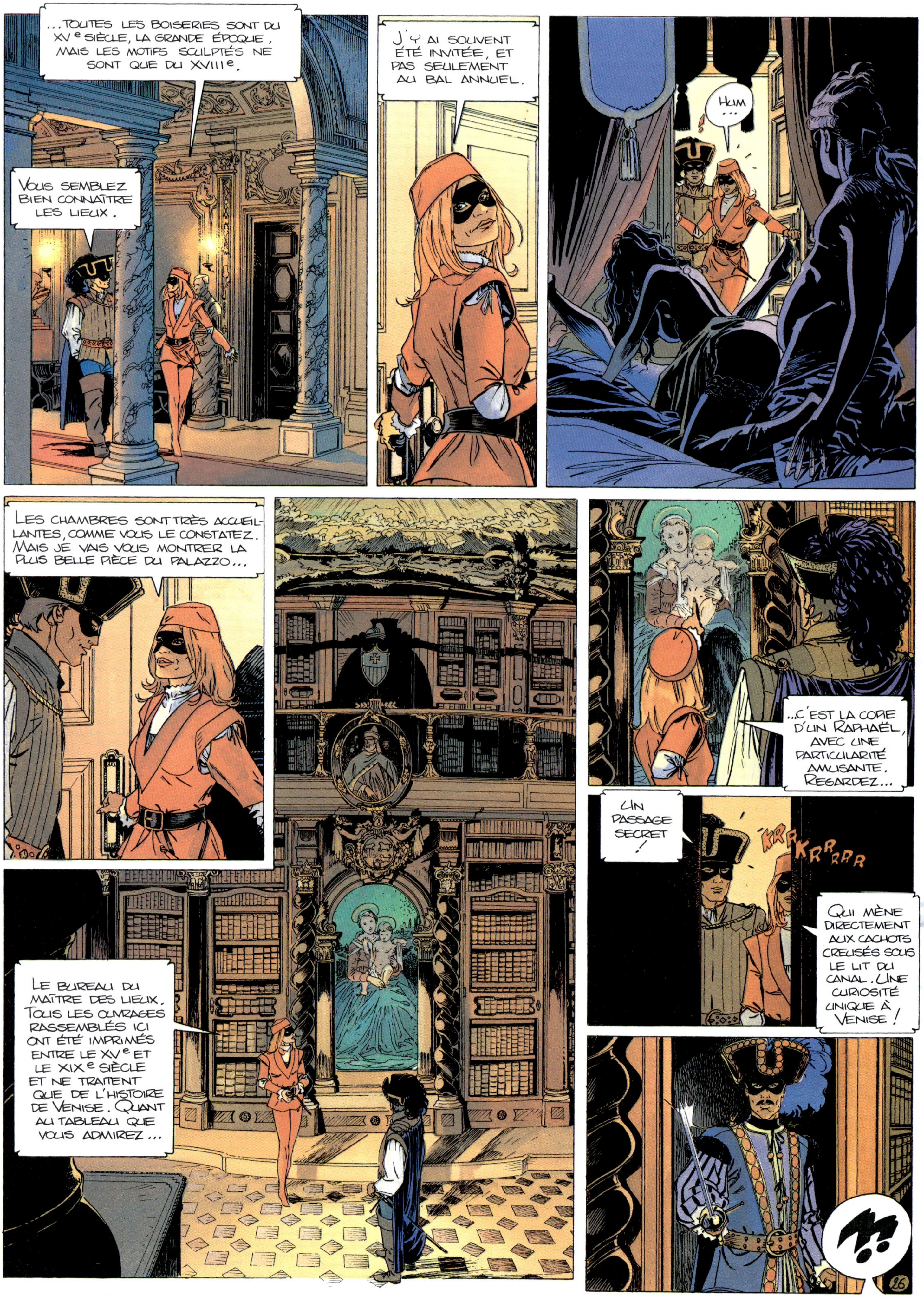
...TOUTES LES BOISERIES SONT DU XVe SIÈCLE, LA GRANDE ÉPOQUE, MAIS LES MOTIFS SCULPTÉS NE SONT QUE DU XVIIIe.
VOUS SEMBLEZ BIEN CONNAÎTRE LES LIEUX.
J'Y AI SOUVENT ÉTÉ INVITÉE, ET PAS SEULEMENT AU BAL ANNUEL.
HUM ...
LES CHAMBRES SONT TRÈS ACCUEIL-LANTES, COMME VOUS LE CONSTATEZ. MAIS JE VAIS VOUS MONTRER LA PLUS BELLE PIÈCE DU PALAZZO...
LE BUREAU DU MAÎTRE DES LIEUX. TOUS LES OUVRAGES RASSEMBLÉS ICI ONT ÉTÉ IMPRIMÉS ENTRE LE XVe ET LE XIXe SIÈCLE ET NE TRAITENT QUE DE L'HISTOIRE DE VENISE. QUANT AU TABLEAU QUE VOUS ADMIREZ...
...C'EST LA COPIE D'UN RAPHAËL, AVEC UNE PARTICULARITÉ AMUSANTE. REGARDEZ...
UN PASSAGE SECRET !
KRRKRRRRR
QUI MÈNE DIRECTEMENT AUX CACHOTS CREUSÉS SOUS LE LIT DU CANAL. UNE CURIOSITÉ UNIQUE À VENISE !

TIREZ VOTRE ÉPÉE, MONSIEUR. JE SUIS LE GARDIEN DES OUBLIETTES ET CEUX QUI EN PERCENT LE SECRET DOIVENT MOURIR !
ATTENDEZ, C'EST UN MALENTENDU...
MADAME ME FAISAIT SEULEMENT VISITER ET ...
TRÈS BIEN, J'AI COMPRIS. À QUEL JEU JOUONS-NOUS ?
TLAÏNG
AU JEU DE LA VENGEANCE ET DE LA MORT ...
... MONSIEUR WINCH !
UN INSTANT, MON VIEUX. AVANT DE ME FAIRE ÉGORGER POUR UNE RAISON QUE J'IGNORE ...
... J'AI SON POURBOIRE À DONNER À MON GUIDE.
TUE-LE, VITALE ! TUE CE MISÉRABLE QUI A ASSASSINÉ SILVESTRO !
27

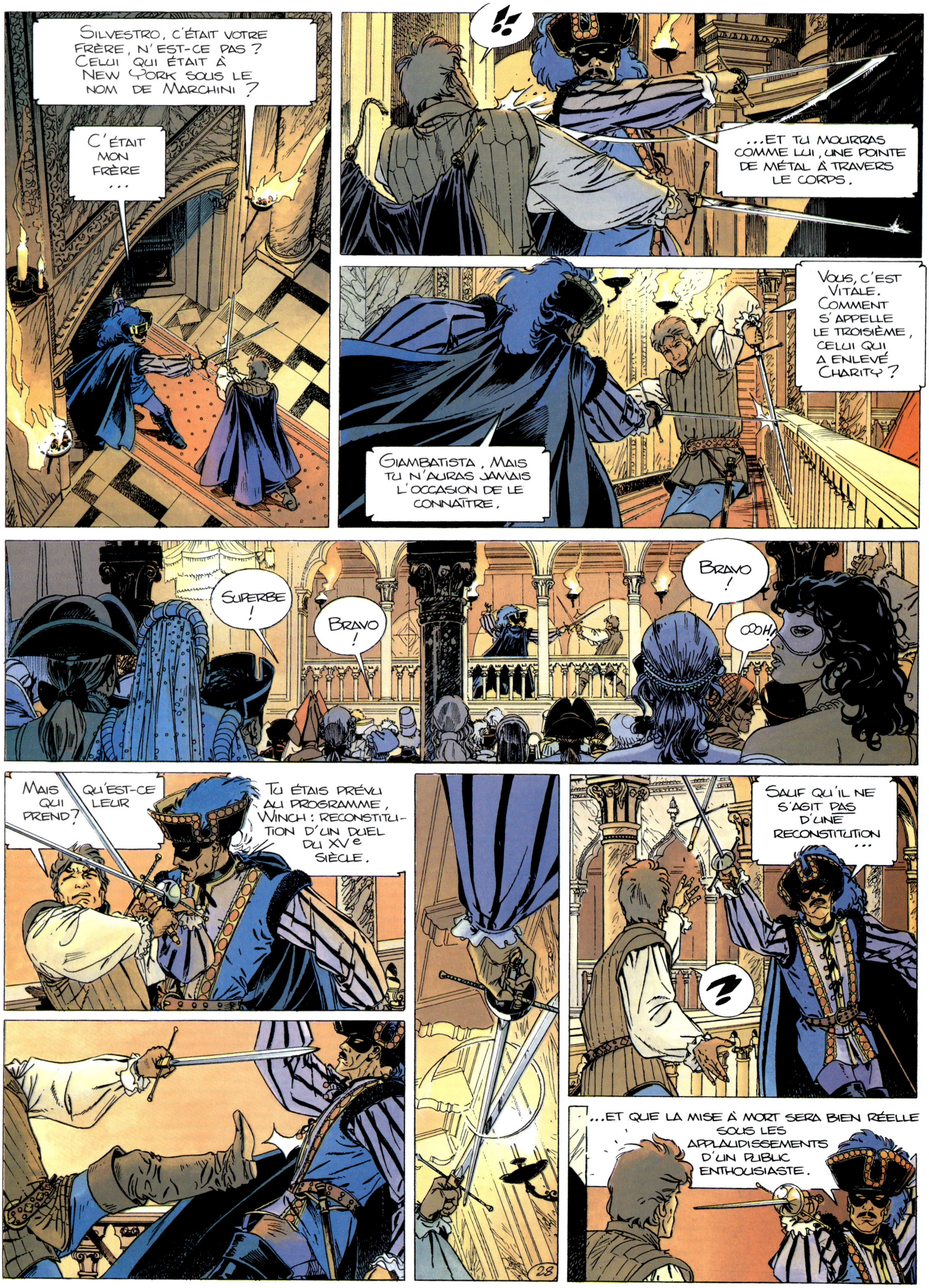

SILVESTRO, C'ÉTAIT VOTRE FRÈRE, N'EST-CE PAS ? CELUI QUI ÉTAIT À NEW YORK SOUS LE NOM DE MARCHINI ?
C'ÉTAIT MON FRÈRE ...
!
...ET TU MOURRAS COMME LUI, UNE POINTE DE MÉTAL À TRAVERS LE CORPS.
VOUS, C'EST VITALE. COMMENT S'APPELLE LE TROISIÈME, CELUI QUI A ENLEVÉ CHARITY ?
GIAMBATISTA, MAIS TU N'AURAS JAMAIS L'OCCASION DE LE CONNAÎTRE.
SUPERBE !
BRAVO !
BRAVO !
OOOH !
MAIS QUI PREND ?
QU'EST-CE LEUR
TU ÉTAIS PRÉVU AU PROGRAMME, WINCH : RECONSTITUTION D'UN DUEL DU XVe SIÈCLE.
SAUF QU'IL NE S'AGIT PAS D'UNE RECONSTITUTION ...
?
...ET QUE LA MISE À MORT SERA BIEN RÉELLE SOUS LES APPLAUDISSEMENTS D'UN PUBLIC ENTHOUSIASTE.

Vous avez tort de me confondre avec l'ours du dicton, Vitale ...
... Ma peau n'est pas dans vos moyens !
KLANG
BLANG
Tu peux saluer, Vitale, le spectacle est terminé. Retournons dans le bureau de ton père poursuivre notre petite conversation.
BRAVO !
BRAVISSIMO !!
BIS
FORMIDABLE !!!
ENCORE !!
BRAVO !
Et pour commencer, tu vas me dire où Giambatista se cache avec mon amie.
Va au diable !
?
Veuillez lâcher ces couteaux, M. Winch, je vous prie.
29

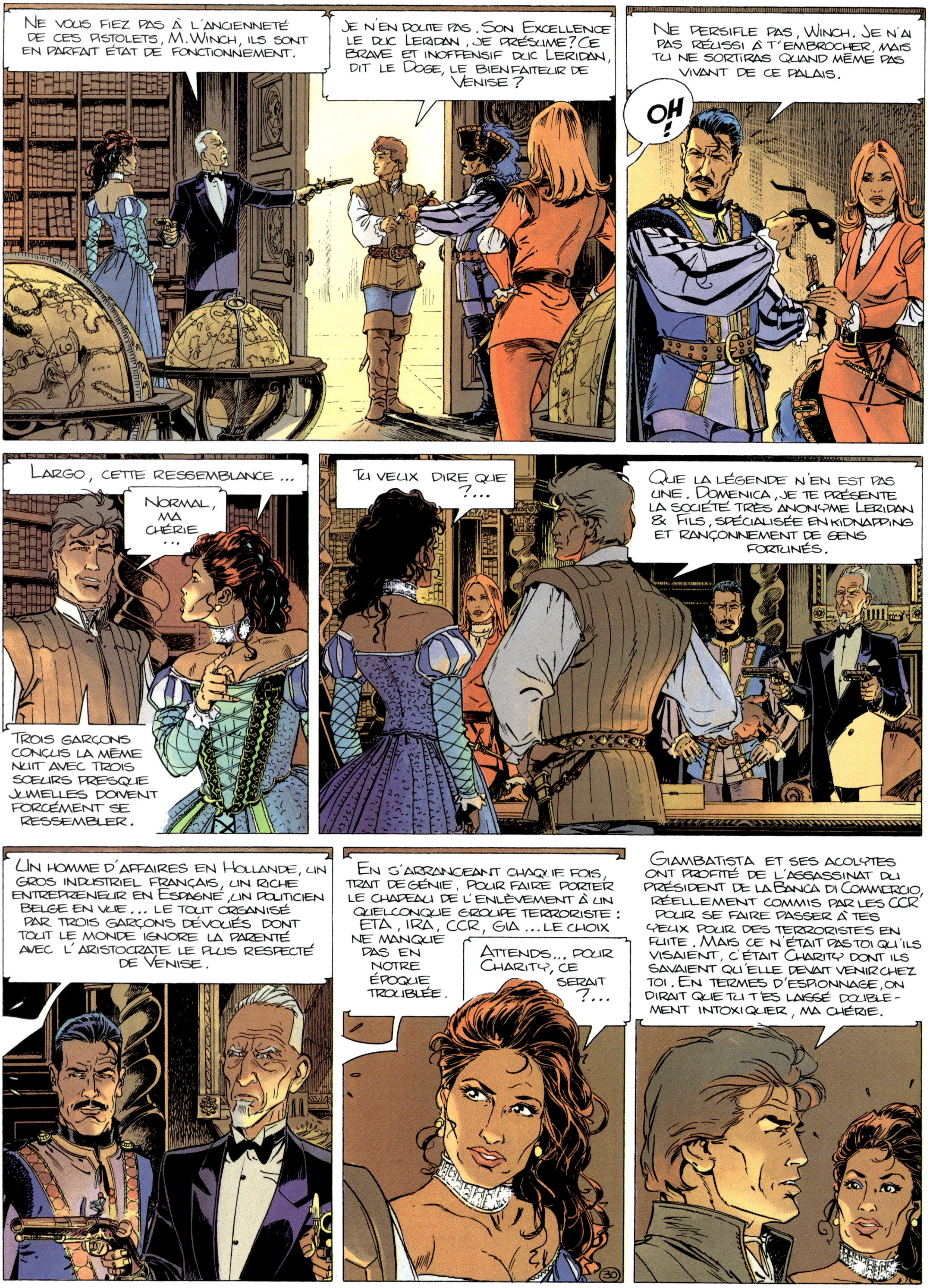

NE VOUS FIEZ PAS À L'ANCIENNETÉ DE CES PISTOLETS, M. WINCH, ILS SONT EN PARFAIT ÉTAT DE FONCTIONNEMENT.
JE N'EN DOUTE PAS. SON EXCELLENCE LE DUC LERIDAN, JE PRÉSUME? CE BRAVE ET INOFFENSIF DUC LERIDAN, DIT LE DOGE, LE BIENFAITEUR DE VENISE?
NE PERSIFLE PAS, WINCH. JE N'AI PAS RÉUSSI À T'EMBROCHER, MAIS TU NE SORTIRAS QUAND MÊME PAS VIVANT DE CE PALAIS.
OH!
LARGO, CETTE RESSEMBLANCE...
NORMAL, MA CHÉRIE...
TROIS GARÇONS CONÇUS LA MÊME NUIT AVEC TROIS SOEURS PRESQUE JUMELLES DOIVENT FORCÉMENT SE RESSEMBLER.
TU VEUX DIRE QUE ?...
QUE LA LÉGENDE N'EN EST PAS UNE. DOMENICA, JE TE PRÉSENTE LA SOCIÉTÉ TRÈS ANONYME LERIDAN & FILS, SPÉCIALISÉE EN KIDNAPPING ET RANÇONNEMENT DE GENS FORTUNÉS.
UN HOMME D'AFFAIRES EN HOLLANDE, UN GROS INDUSTRIEL FRANÇAIS, UN RICHE ENTREPRENEUR EN ESPAGNE, UN POLITICIEN BELGE EN VUE... LE TOUT ORGANISÉ PAR TROIS GARÇONS DÉVOUÉS DONT TOUT LE MONDE IGNORE LA PARENTÉ AVEC L'ARISTOCRATE LE PLUS RESPECTÉ DE VENISE.
EN S'ARRANGEANT CHAQUE FOIS, TRAIT DE GÉNIE, POUR FAIRE PORTER LE CHAPEAU DE L'ENLÈVEMENT À UN QUELCONQUE GROUPE TERRORISTE : ETA, IRA, CCR, GIA... LE CHOIX NE MANQUE PAS EN NOTRE ÉPOQUE TROUBLÉE.
ATTENDS... POUR CHARITY, CE SERAIT ?...
GIAMBATISTA ET SES ACOLYTES ONT PROFITÉ DE L'ASSASSINAT DU PRÉSIDENT DE LA BANCA DI COMMERCIO, RÉELLEMENT COMMIS PAR LES CCR POUR SE FAIRE PASSER À TES YEUX POUR DES TERRORISTES EN FUITE. MAIS CE N'ÉTAIT PAS TOI QU'ILS VISAIENT, C'ÉTAIT CHARITY DONT ILS SAVAIENT QU'ELLE DEVAIT VENIR CHEZ TOI. EN TERMES D'ESPIONNAGE, ON DIRAIT QUE TU T'ES LAISSÉ DOUBLEMENT INTOXIQUER, MA CHÉRIE.
30

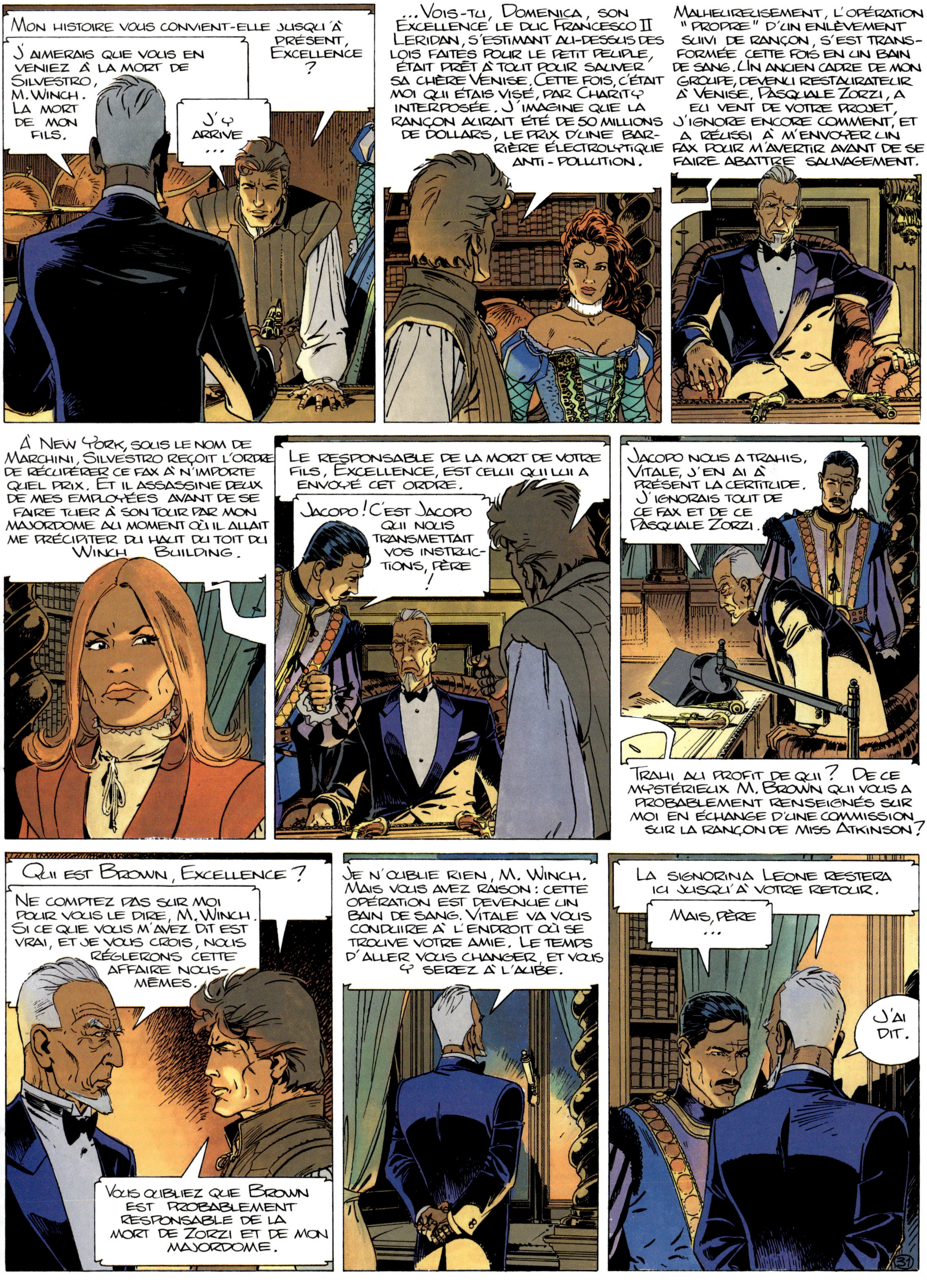
Mon histoire vous convient-elle jusqu'à présent, Excellence ?
J'aimerais que vous en veniez à la mort de Silvestro, M. Winch. La mort de mon fils.
J'y arrive ...
... Vois-tu, Domenica, son Excellence le duc Francesco II Leridan, s'estimant au-dessus des lois faites pour le petit peuple, était prêt à tout pour sauver sa chère Venise. Cette fois, c'était moi qui étais visé, par Charity interposée. J'imagine que la rançon aurait été de 50 millions de dollars, le prix d'une barrière électrolytique anti-pollution.
Malheureusement, l'opération "propre" d'un enlèvement suivi de rançon, s'est transformée cette fois en un bain de sang. Un ancien cadre de mon groupe, devenu restaurateur à Venise, Pasquale Zorzi, a eu vent de votre projet. J'ignore encore comment, et a réussi à m'envoyer un fax pour m'avertir avant de se faire abattre sauvagement.
À New York, sous le nom de Marchini, Silvestro reçoit l'ordre de récupérer ce fax à n'importe quel prix. Et il assassine deux de mes employées avant de se faire tuer à son tour par mon majordome au moment où il allait me précipiter du haut du toit du Winch Building.
Le responsable de la mort de votre fils, Excellence, est celui qui lui a envoyé cet ordre.
Jacopo ! C'est Jacopo qui nous transmettait vos instructions, père !
Jacopo nous a trahis, Vitale, j'en ai à présent la certitude. J'ignorais tout de ce fax et de ce Pasquale Zorzi.
Trahi au profit de qui ? De ce mystérieux M. Brown qui vous a probablement renseignés sur moi en échange d'une commission sur la rançon de Miss Atkinson ?
Qui est Brown, Excellence ?
Ne comptez pas sur moi pour vous le dire, M. Winch. Si ce que vous m'avez dit est vrai, et je vous crois, nous réglerons cette affaire nous-mêmes.
Vous oubliez que Brown est probablement responsable de la mort de Zorzi et de mon majordome.
Je n'oublie rien, M. Winch. Mais vous avez raison : cette opération est devenue un bain de sang. Vitale va vous conduire à l'endroit où se trouve votre amie. Le temps d'aller vous changer, et vous y serez à l'aube.
La signorina Leone restera ici jusqu'à votre retour.
Mais, père ...
J'ai dit.
31

Dimanche 20 septembre.
Une île ignorée des touristes, comme il y en a des dizaines dans le golfe...
Pendant que les carabiniers cherchent les ravisseurs sur le continent. Bien joué, Vitale.
Nous devrions peut-être ...
Attendez, ce n'est pas normal !
Il devrait y avoir des gardes. Des hommes de main que Giambatista avait engagés pour cette opération.
KLAK
Giam ? C'est moi, Vitale.
Giam? ...
Giam !!!

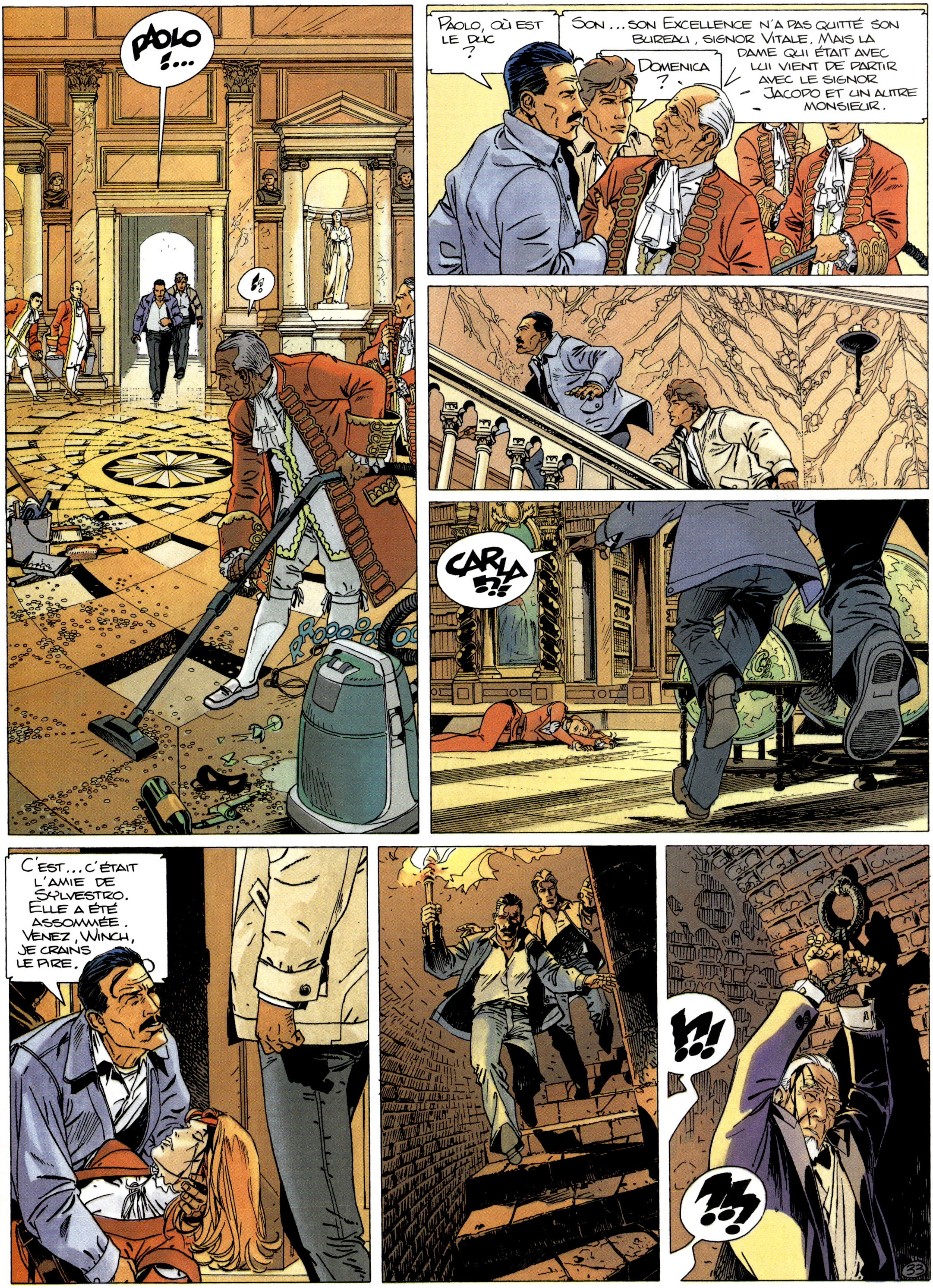
PAOLO !...
!?
ROOOOOOOOO
PAOLO, OÙ EST LE DUC ?
SON... SON EXCELLENCE N'A PAS QUITTÉ SON BUREAU, SIGNOR VITALE. MAIS LA DAME QUI ÉTAIT AVEC LUI VIENT DE PARTIR AVEC LE SIGNOR JACOPO ET UN AUTRE MONSIEUR.
DOMENICA ?
CARLA !?!
C'EST... C'ÉTAIT L'AMIE DE SYLVESTRO. ELLE A ÉTÉ ASSOMMÉE. VENEZ, WINCH, JE CRAINS LE PIRE.
!?!
?!?
33

Il a subi un traumatisme, mais il s'en sortira, Vitale. Votre père est solide.
Ce maudit Brown ! Mais pourquoi ?... Pourquoi ?...
RRRRRROOOOO
Il faut arrêter ce jeu de massacre, Vitale. Je vais appeler le commissaire Barzini.
Non, pas la police. La vengeance d'abord.
D'ailleurs, la police ne servirait à rien.
Pourquoi ?
Brown se trouve sur un yacht, le Starway, ancré au large du Lido à la limite des eaux territoriales. En quelques minutes, il peut se mettre hors d'atteinte. Et n'oubliez pas qu'il détient vos amies en otages.
Je ne l'oublie pas. Qui est Brown, Vitale ?
Je n'en sais rien. Je ne l'ai jamais vu et j'ignore son identité. Il ne traitait qu'avec mon père et avec cette petite larve de Jacopo. Mais c'est effectivement lui qui nous a renseignés sur vous et sur vos liens avec Miss Atkinson.
Je connais votre réputation, Winch. Et je sais que vous avez autant envie que moi d'avoir la peau de cette ordure. Jouons la partie ensemble.
Quelle partie ? En comptant l'équipage, ce Brown doit avoir au moins dix hommes à bord de son yacht.
D'ici ce soir, je peux réunir une demi-douzaine d'hommes sûrs et bien armés. Nous nous ferons passer pour des pêcheurs et nous attaquerons de nuit.
Le voilà !

À PARTIR DE MAINTENANT, SILENCE ABSOLU. NOUS ABORDERONS LE YACHT PAR LA POUPE.
DITES, VOUS SENTEZ CETTE ODEUR ?
?
PLONGEZ !... PLONGEZ VITE !!!
?
?
?
?
?
?
SSSSSSSSSHHHHHHHHHH
OH, BON SANG !...
WINCH, QU'EST-CE QUE ?...
HORREUR !!
AAHHHH...
AAHHHHH
35

HO, WINCH ! ...
TU MONTES OU TU PRÉFÈRES NAGER JUSQU'À LA CÔTE SLOVÈNE AVEC UNE CEINTURE DE PLOMB ?
TIENS, TIENS, LE CÉLÈBRE LARGO WINCH EN PERSONNE, CELUI QUI S'EN SORT TOUJOURS.
PAS MAL, HEIN, CE NAPALM GÉLIFIÉ À L'ESSENCE DE TÉRÉBENTHINE ET PROJETÉ À LA LANCE D'ARROSAGE ? UNE TROUVAILLE DE M. BROWN.
VOUS ÊTES DES MONSTRES... DES MONSTRES...
IL NE FALLAIT PAS ESSAYER DE VOUS FROTTER À NOUS. RÉCUPÉREZ LES CORPS EN VITESSE, NOUS POURRIONS AVOIR LA VISITE DES GARDES-CÔTES ATTIRÉS PAR LES FLAMMES.
YES, MISTER JACOPO.
AINSI, C'EST VOUS, JACOPO.
POUR NE PAS TE SERVIR, PAUVRE PIGEON.
TSS TSS ... TOUJOURS AUSSI MAL ÉLEVÉ, À CE QUE JE VOIS.
JE CONSTATE QUE TES MANIÈRES DE RUSTRE NE SE SONT PAS AMÉLIORÉES AVEC LE TEMPS.
COTTON !?!

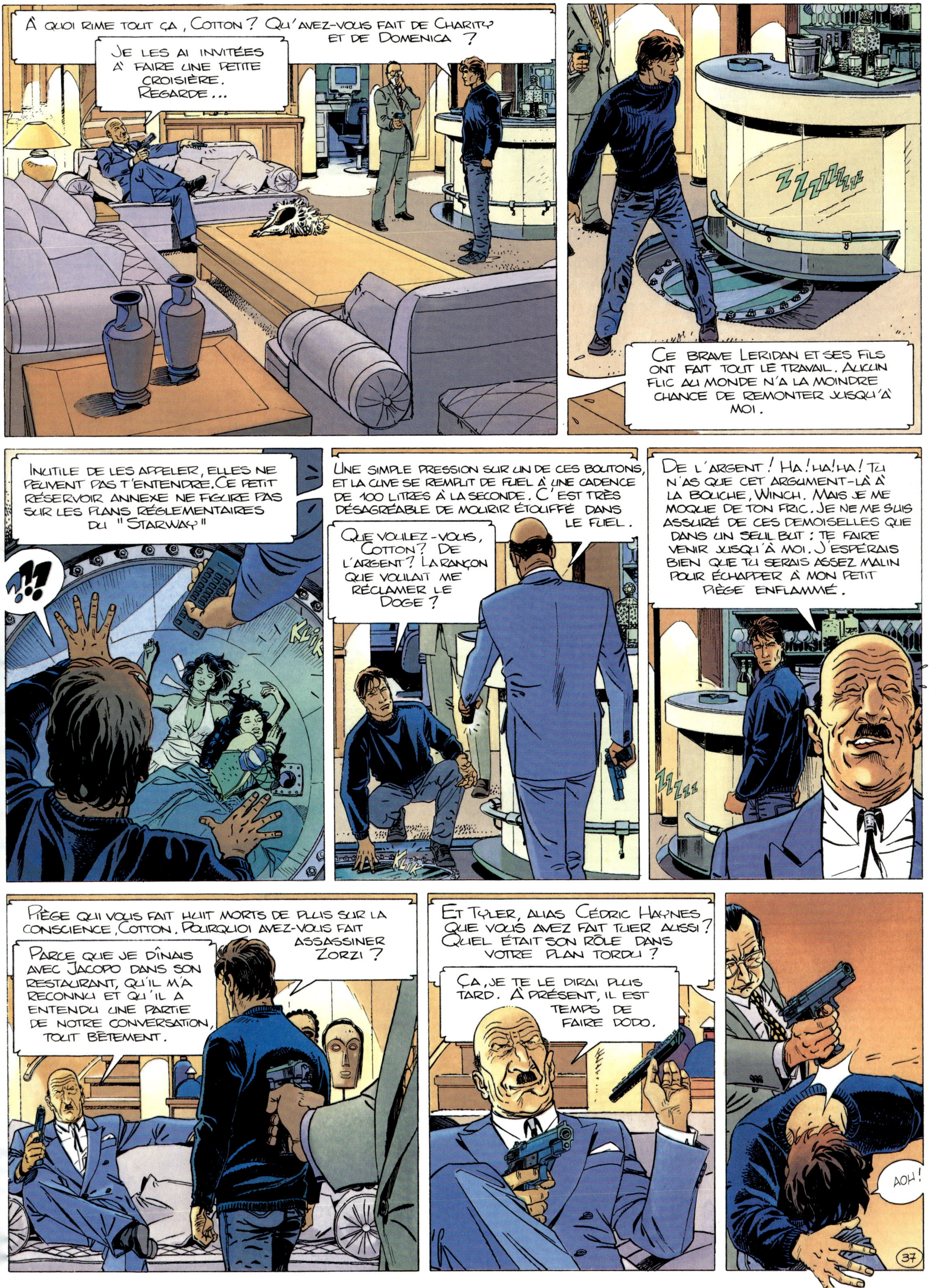

À QUOI RIME TOUT ÇA, COTTON ? QU'AVEZ-VOUS FAIT DE CHARITY ET DE DOMENICA ?
JE LES AI INVITÉES À FAIRE UNE PETITE CROISIÈRE. REGARDE...
ZZZZZZZZ
CE BRAVE LERIDAN ET SES FILS ONT FAIT TOUT LE TRAVAIL. AUCUN FLIC AU MONDE N'A LA MOINDRE CHANCE DE REMONTER JUSQU'À MOI.
INUTILE DE LES APPELER, ELLES NE PEUVENT PAS T'ENTENDRE. CE PETIT RÉSERVOIR ANNEXE NE FIGURE PAS SUR LES PLANS RÉGLEMENTAIRES DU "STARWAY"
?!!!
KLIK
UNE SIMPLE PRESSION SUR UN DE CES BOUTONS, ET LA CUVE SE REMPLIT DE FUEL À UNE CADENCE DE 100 LITRES À LA SECONDE. C'EST TRÈS DÉSAGRÉABLE DE MOURIR ÉTOUFFÉ DANS LE FUEL.
QUE VOULEZ-VOUS, COTTON ? DE L'ARGENT ? LA RANÇON QUE VOULAIT ME RÉCLAMER LE DOGE ?
KLIK
DE L'ARGENT ! HA ! HA ! HA ! TU N'AS QUE CET ARGUMENT-LÀ À LA BOUCHE, WINCH. MAIS JE ME MOQUE DE TON FRIC. JE NE ME SUIS ASSURÉ DE CES DEMOISELLES QUE DANS UN SEUL BUT : TE FAIRE VENIR JUSQU'À MOI. J'ESPÉRAIS BIEN QUE TU SERAIS ASSEZ MALIN POUR ÉCHAPPER À MON PETIT PIÈGE ENFLAMMÉ.
ZZZZZ
PIÈGE QUI VOUS FAIT HUIT MORTS DE PLUS SUR LA CONSCIENCE, COTTON. POURQUOI AVEZ-VOUS FAIT ASSASSINER ZORZI ?
PARCE QUE JE DÎNAIS AVEC JACOPO DANS SON RESTAURANT, QU'IL M'A RECONNU ET QU'IL A ENTENDU UNE PARTIE DE NOTRE CONVERSATION. TOUT BÊTEMENT.
ET TYLER, ALIAS CÉDRIC HAYNES QUE VOUS AVEZ FAIT TUER AUSSI ? QUEL ÉTAIT SON RÔLE DANS VOTRE PLAN TORDU ?
ÇA, JE TE LE DIRAI PLUS TARD. À PRÉSENT, IL EST TEMPS DE FAIRE DODO.
AOH !
37

* Cartel Agreement Secret Protection Entity. Voir tome précédent.

* LA PRINCIPALE SOCIÉTÉ PÉTROLIÈRE DU GROUPE W.

UNE ÉNORME BOMBE, WINCH ! ET C'EST TOI-MÊME QUI VIENS D'EN DÉCLENCHER LA MISE À FEU, HA! HA! HA! ... CET INSTANT ME PAIE DE TOUTES LES HUMILIATIONS QUE TU M'AS FAIT SUBIR.
COTTON, VOUS... VOUS ÊTES COMPLÈTEMENT FOU !
FOU ? HA ! HA ! ... DE JOIE, OUI. TU OUBLIES QUE JE SUIS LE PATRON DE LA CASPE, LA POLICE DU CARTEL. APRÈS CE COUP-LÀ, JE DOUTE QUE LA WOILCO OBTIENNE ENCORE DES CONCESSIONS PÉTROLIÈRES OÙ QUE CE SOIT DANS LE MONDE. LESSIVÉE, LA WOILCO, ANÉANTIE !
SI CETTE BOMBE EXPLOSE, DES DIZAINES DE PERSONNES INNOCENTES VONT MOURIR. COTTON. HAYNES ÉTAIT UN HOMME MÉTICULEUX. IL A SÛREMENT PRÉVU UN AUTRE MOT-CODE POUR ANNULER LA MISE À FEU.
C'EST BIEN POUR ÇA QUE J'AI PRÉFÉRÉ ME DÉBARRASSER DE LUI. PLUS RIEN AU MONDE NE PEUT EMPÊCHER L'EXPLOSION, À PRÉSENT.
LAISSEZ-MOI AU MOINS AVERTIR SULLIVAN DE FAIRE ÉVACUER L'IMMEUBLE ...
TU PERDS TON TEMPS, WINCH. MAIS IL ME RESTE UN DERNIER POINT À RÉGLER : LA DISSOLUTION DU GROUPE W...
... EN SUPPRIMANT LE SEUL LIEN QUI RELIE SES SOCIÉTÉS ENTRE ELLES ! TOI !
!?
TARATARATTA RATATAR AARA'TA
BRAA
!?!
VITALE !?!
VITALE, C'EST IMPOSSIBLE ! COMMENT AVEZ-VOUS RÉUSSI À ...?
LA ... LA VENGEANCE, WINCH. RIEN DE TEL ... POUR S'ACCROCHER À LA V...
DÉCIDÉMENT, SIGNOR WINCH, À CÔTÉ DE VOUS, ATTILA FERAIT PRESQUE FIGURE D'AMATEUR.
ARRÊTEZ-LE ET EMBARQUEZ-LE AVEC LES AUTRES.
?
40

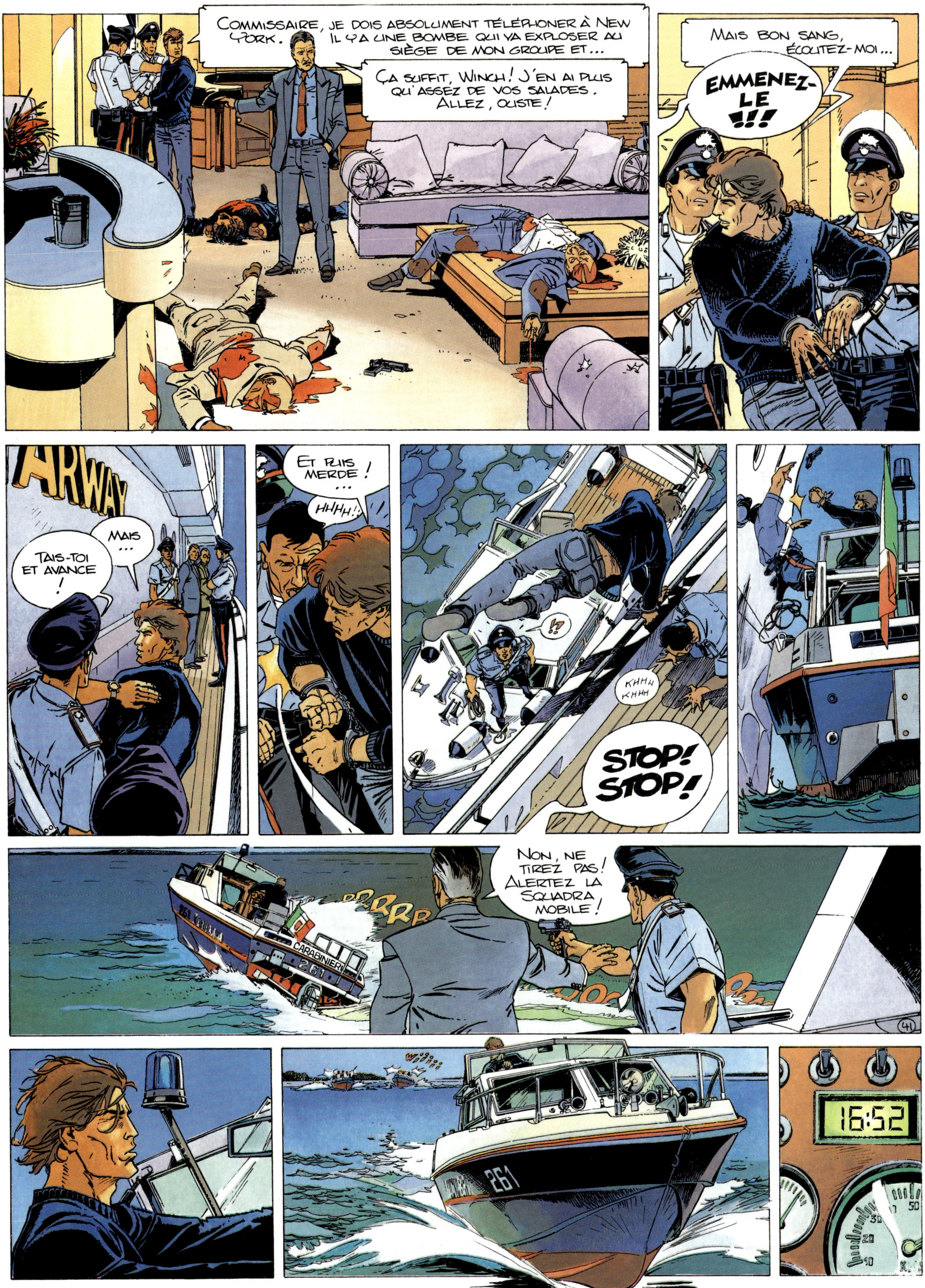
COMMISSAIRE, JE DOIS ABSOLUMENT TÉLÉPHONER À NEW YORK. IL Y A UNE BOMBE QUI VA EXPLOSER AU SIÈGE DE MON GROUPE ET...
ÇA SUFFIT, WINCH ! J'EN AI PLUS QU'ASSEZ DE VOS SALADES. ALLEZ, OUSTE !
MAIS BON SANG, ÉCOUTEZ-MOI...
EMMENEZ-LE !!!
ARWAY
MAIS ...
TAIS-TOI ET AVANCE !
ET PUIS MERDE ! ...
HHHH !
!?
KHHH KHHH
STOP! STOP!
RRRRR
CARABINIERI
261
NON, NE TIREZ PAS ! ALERTEZ LA SQUADRA MOBILE !
261
16:52

?!
Wi Wiu Wiu Wiu Wiu
???
CARABINIERI
RRRRROOO
WiuWiu
POLIZIA
C'EST BIEN DARLING, NE BOUGE PL...
DAAA
17:08
BRRRROO
...
KRAK
RROOO

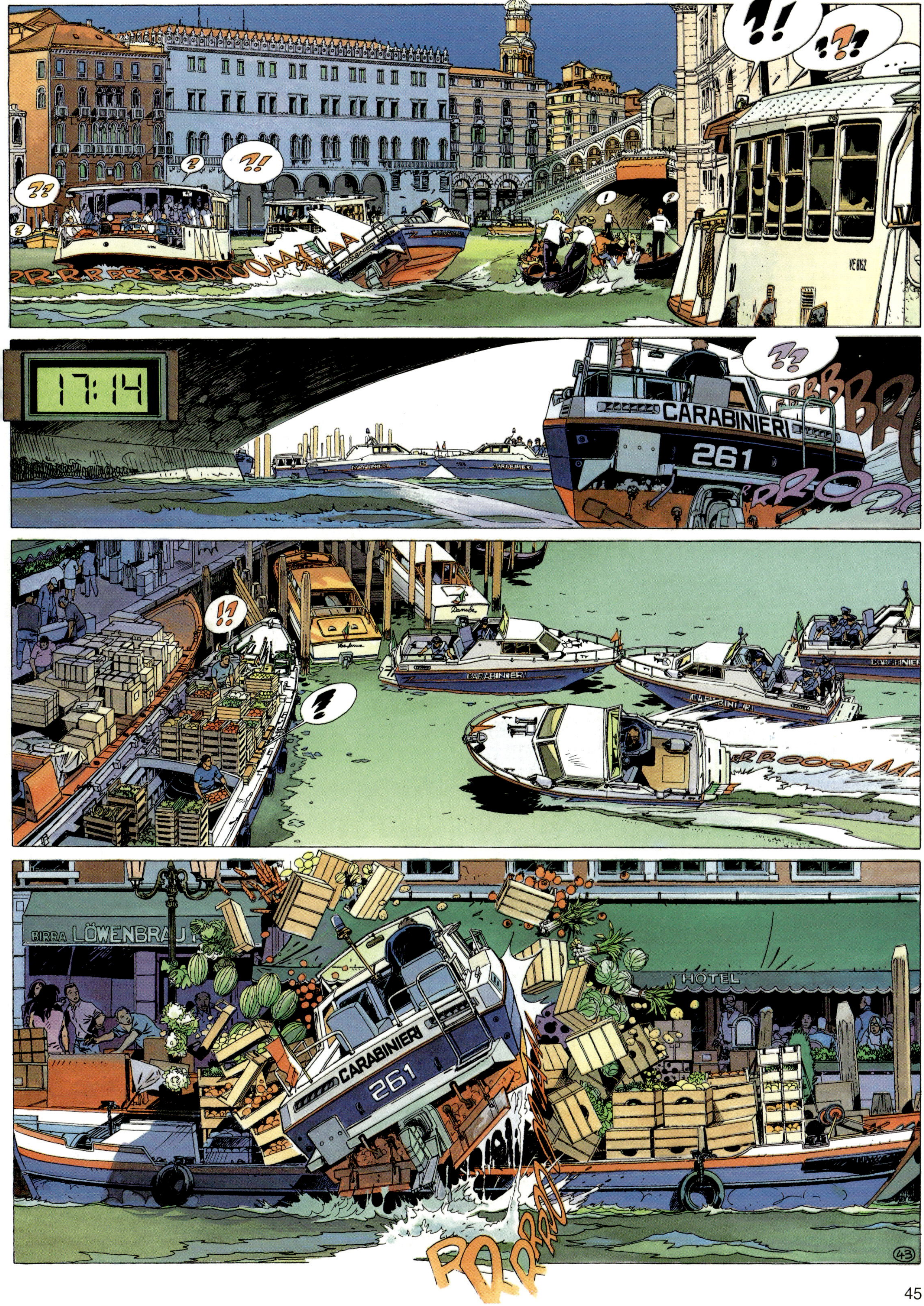

??
?!
!!
?!?
17:14
CARABINIERI
261
??
!?
!
CARABINIERI
BIRRA LÖWENBRAU
HOTEL
CARABINIERI
261

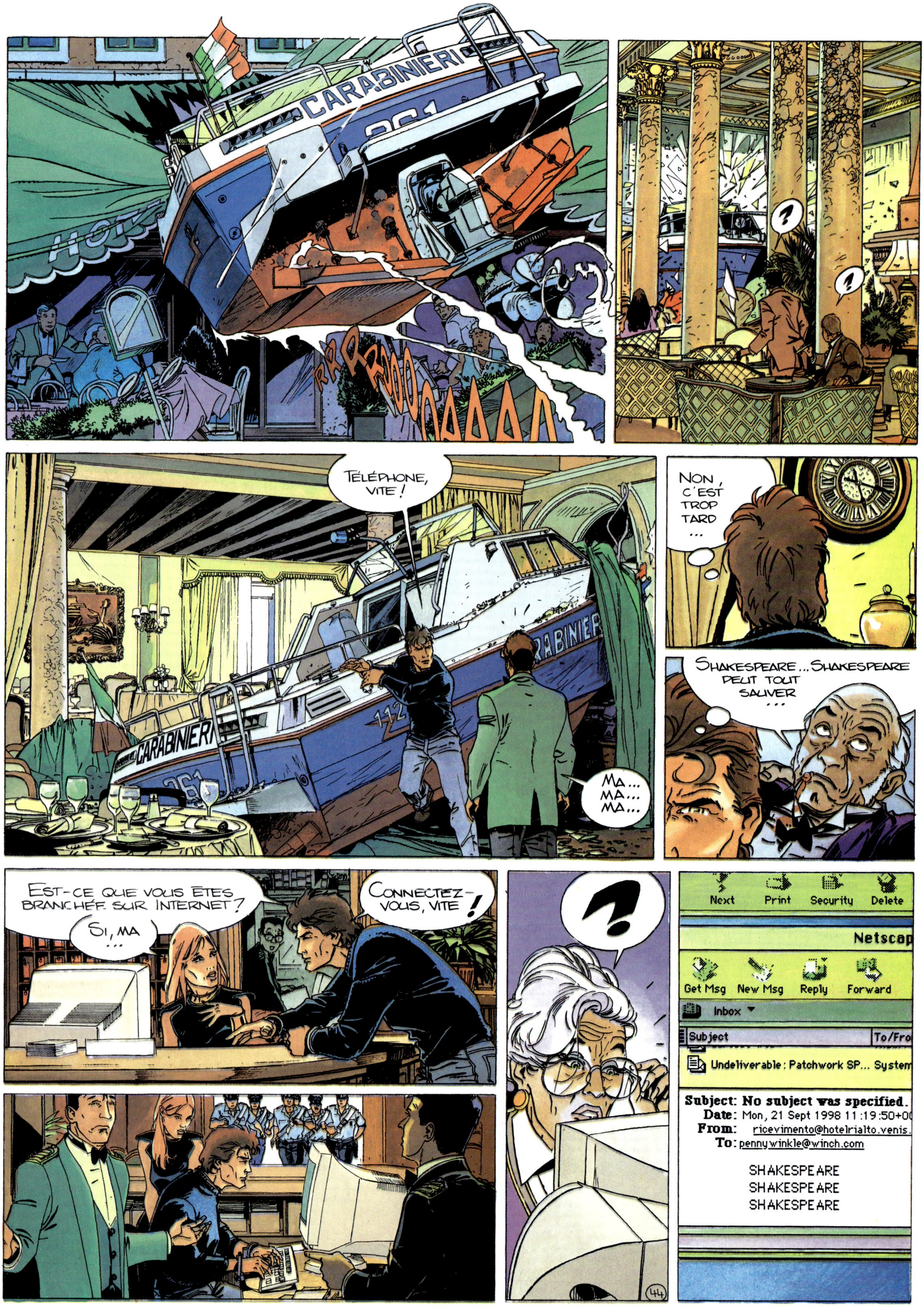
CARABINIERI
?
?
TÉLÉPHONE, VITE !
CARABINIERI
MA... MA... MA...
NON, C'EST TROP TARD ...
SHAKESPEARE... SHAKESPEARE PEUT TOUT SAUVER ...
EST-CE QUE VOUS ÊTES BRANCHÉE SUR INTERNET ?
SI, MA ...
CONNECTEZ-VOUS, VITE !
?
Next Print Security Delete
Netscap
Get Msg New Msg Reply Forward
Inbox
Subject To/Fro
Undeliverable : Patchwork SP... System
Subject: No subject was specified.
Date: Mon, 21 Sept 1998 11:19:50+0
From: ricevimento@hotelrialto.venis.
To: pennywinkle@winch.com
SHAKESPEARE
SHAKESPEARE
SHAKESPEARE

EH BIEN, VOILÀ UNE TRÈS BONNE CHOSE DE FAITE. LE DÉJEUNER VOUS ATTEND, MESSIEURS.
M. SULLIVAN, M. WINCH AU TÉLÉPHONE POUR VOUS.
BONJOUR, LARGO. ... MAIS OUI, TOUT SE PASSE BIEN. NOUS VENONS DE SIGNER L'ACCORD AVEC LE MINISTRE ET...
UNE QUOI !?!? DANS ... DANS VOTRE BUREAU !? MAIS COMMENT ?...
BON, D'ACCORD, VOUS M'EXPLIQUEREZ PLUS TARD. JE ... JE FAIS LE NÉCESSAIRE IMMÉDIATEMENT. QUOI D'AUTRE ?... ... ACHETER UN RESTAURANT !? L'OSTERIA DELLA MAR, POUR LE DOUBLE DU PRIX DEMANDÉ !? MAIS QUE VOULEZ-VOUS QUE NOUS FASSIONS DE ...?
BON, BON, JE NE DISCUTE PAS, VOUS M'EXPLIQUEREZ ÇA AUSSI. C'EST TOUT ? ... 500 000 $!? ... AH, VOUS AVEZ EU DES FRAIS IMPRÉVUS... D'ACCORD, JE VOUS FAIS VIRER ÇA. QUAND RENTREZ-VOUS, LARGO ?
JE CROIS QUE JE VAIS ENCORE RESTER ICI UN MOMENT, JOHN. VENISE EST SI AGRÉABLE EN SEPTEMBRE.

J. Van Hamme & Ph. Francq 98-99.
Couleur : M.-P. Alluard.

Prochain épisode : Golden Gate.

CONSOLIDATED CAPITAL STRUCTURE
in US$ mill.
TOTAL DEBT 10,578.6
LT DEBT 3,853.9 LT INTEREST 443.2
Leases, uncapitalized - Annual Rentals 86.3
Minority Interest 832.0
PREFERRED STOCK none
COMMON STOCK 510,545,455 (par value 8.25)
Nelson BRUNEAU CAN
FENICO
(HQ : New York)
Alicia del FERRIL ARG
HOTELS
(HQ : Paris)
Waldo BUZETTI US
TV & RADIO NETWORKS
(HQ : Los Angeles)
Dwight E. COCHRANE US
CENTRAL SURVEY & ADMINISTRATION
(HQ : New York)
WINCHAIR AIRLINES
(HQ : Nassau)
Lucie CARMICHAËL TRIN
PRESS
(HQ : New York)
Stephen G. DUNDEE US
MERCHANT FLEET
(HQ : Panama)
Sir Basil WILLIAMS UK
EMPLOYEES
North America 170,322
Mid-& South America 51,451
Europe 152,027
Middle East 28,996
Far East 48,721
Australia & New Zealand 8,785
Pacific 2,021
Africa 17,740
TOTAL GROUP W 480,063